푸른
시인선
007

섬사람

이중도 시집

푸른시인선 007

섬사람

초판 1쇄 · 2017년 4월 5일
초판 2쇄 · 2017년 12월 15일

지은이 · 이중도
펴낸이 · 한봉숙
펴낸곳 · 푸른사상사

편집 · 지순이, 홍은표 | 교정 · 김수란
등록 · 1999년 7월 8일 제2-2876호
주소 · 경기도 파주시 회동길 337-16(서패동 470-6)
대표전화 · 031) 955-9111(2) | 팩시밀리 · 031) 955-9114
이메일 · prun21c@hanmail.net
홈페이지 · http://www.prun21c.com

ⓒ 이중도, 2017

ISBN 979-11-308-1088-1 03810
값 8,800원

섬사람

남쪽 연안에 둥지 틀려고

마른 가지 물어 나르던 때가 엊그제 같은데,

어느새 붙박이가 된 모양이다.

낯가리던 섬들이 먼저 말을 걸어온다.

2017년 봄
섬 공화국 통영에서 이중도

| 차례 |

■ 시인의 말　5

제1부

15	야생
16	섬사람
18	시골집
20	독사
22	진달래꽃 한 소쿠리
24	선촌에서
26	욕망
28	짐자전거
30	귀고리
31	섬 고구마
32	판데목에서
34	노파
36	문득
38	흙냄새
39	바위
40	닭 울음소리
42	계곡
43	삽
44	녹슨 칼
46	별 한 송이
48	밤비

50   신화의 시간

52   시골 버스

54   명태

57   아이

58   장자를 읽는 밤

59   대섬

60   토종닭

61   바람

62   빈집

63   무인도

64   맨발로 걷는다

65   모래밭

66   밤바다

67   붉은 흙더미

68   소묘

69   새벽

70   중년의 갯벌

71   단맛

72   기쁨

73   그 시절

74   그 섬에 가고 싶다

| 차례 |

제2부

77 　 떡집

78 　 해저터널에서

80 　 만년필

82 　 용천탕

84 　 대나무

86 　 연꽃 속으로

87 　 낯선 부둣가

88 　 향

90 　 해마

92 　 정량동 포구

94 　 묵시록

96 　 논

98 　 미륵산에서

99 　 여자의 일생

100 　 염소

101 　 대구

102 　 신선들

104 　 티눈

105 　 겨울 새벽 다섯 시

106 　 늙은 잡부

107 　 넙치

108   어떤 뿌리

109   남근석

110   모순

111   민낯

112   재개발

113   사람 냄새

114   여름 산

115   참깨꽃

116   그냥

118   사이

119   시월

120   서쪽 바다

121   갈매기 떼

제3부

125 순간

126 대나무 숲

127 칠월

128 열대야

129 용호농장

130 추석

131 늙은 기와집

132 농무(濃霧)

133 달빛

134 부활을 기다리며

135 탱고

136 달팽이

137 귀뚜라미

138 횡재수

139 미루나무

140 봄동

141 새끼 섬

142 무당

143 눈

144 연등

145 종이배

146   오르간

147   장대비

148   아派

149   **작품 해설**   시원의 시간을 되살리는

                    야생의 삶을 향하여 ─ **이성혁**

제
1
부

야생

외딴섬에 산다
졸참나무 수북한 낙엽 위로 흘러가는
길 끝에 산다
후박나무 이파리를 씹어 먹고 산다
긴 혓바닥 뻗어 밤하늘에 뿌려진
얼음 파편을 쓸어 먹고 산다

눈에서 불이 이글거린다
이글거리는 불 속에 사는 마음
사람이 피운 불에 그슬린 적이 없다

사람 소리 없는 길 끝에 산다
사람 냄새 다가오면 길의 끝
더 깊숙이 어둠 속으로 숨는다

숨다가 숨다가 절벽을 만나면
폭포처럼 투신한다
차라리 산산이 부서질 뿐
뻣센 털 수북한 길의 갈기
사람의 품으로 역류하지 않는다

섬사람

그 앞에서 바다는 늘 알몸이 된다

파도의 성감대 바람의 성감대
구름의 성감대 감성돔의 성감대
매 눈처럼 휜하다

몽골까지 뒤졌지만 색시는 낚지 못했다
손톱이 다 닳은 인어가 밥상을 차린다

타제석기다
간 흔적이 없다

한 마리 무인도다
문자가 발가락도 디디지 못했다
야생 염소 떼 발자국만 총총하다

술상에 앉으면 갯벌이 된다
무릎까지 푹푹 빠지며 그의 갯벌을 다 걸어야
탁주가 손을 놓아준다

눈썹은 거친 목탄

눈 감고 늙은 고물에 앉아

썰물에 그려보는 자화상

무채색 생이 물살에 일그러진다

시골집

사립문 대신 군불 때는 아궁이가 인사한다
돌담 겨드랑이 장독대 옆 감나무 비파나무 헌칠하다

주인의 애첩 늙은 라디오는 아직도 귀가 밝다
허공에 그물을 던져 은빛 송사리 떼를 잡는다

목발 짚은 평상에는 밤마다
순도 높은 어둠이 마실 온다

별자리를 데리고 바람을 데리고 마실 와
깊은 가을처럼 숙성된 오미자술도 마시고
달도 삶아 먹고 놀다가

무당 옷 걸친 눈 부리부리한 수탉이 울면
다시 산속으로 돌아간다
하품하는 귀신들과 어깨동무하고 돌아간다

찬물에 세수하고 나무 베개 베고 살아도
그 누구도 신하 삼을 수 없는 마음이 있다

마름질하지 않은 통나무 같은

길들지 않는 갈기 같은

섬 한 채

독사

독은
독사의 혼!
어설픈 어둠 속에서는 독이 생기지 않는다

사료 부스러기에 길든 금붕어 떼
꼬리 흔들고 다니는 뿌연 연못 같은 어둠이 싫어
구더기 끓기 시작하는 미지근한 어둠 뒤에 두고
도깨비가 빛에 쫓겨 떠나듯 떠났다
사람의 지문이 간음하지 않은 어둠을 찾아
돋을새김된 별자리 이글거리는
밤의 동정(童貞)을 찾아
황금을 찾아 서부로 가는 마차처럼 물 위를 기어
시원에서 불어오는 매운바람
산발한 시금치에 설탕 고이게 하는 외딴섬
동백나무 후박나무 신우대 첩첩 울타리 두른
깊은 숲 속으로 떠나왔다

면벽에 몰입하는 고승처럼
태고의 어둠 속에 똬리 틀고 앉는다

종유석에서 물방울 떨어지듯

푸른 독이 고인다

진달래꽃 한 소쿠리

목련 터뜨리고 걸어 나온 중병아리만 한 봄
여물지 않은 부리로 손등을 쪼는 서호시장 겨드랑이
할머니, 진달래꽃 한 소쿠리 놓고 쪼그리고 있다

허어, 요새 누가 꽃지짐을……

사람들 고개를 갸웃거리든 말든 팔리든 말든
봄 산에서 샘솟는 처녀 마음 한 소쿠리 따서 갖다 놓고
할머니, 도장나무처럼 박혀 있다

허어, 요새 누가 처녀 마음을……

처녀들도 내다버린 지 오래인 처녀 마음
쪼그랑 할머니 가슴속 어느 산기슭에서 딴
처녀 마음 한 소쿠리 빛바랜 콘크리트 바닥에 그냥 놓고
할머니, 망부석처럼 앉아 있다

아직도 새끼 염소 같은 눈망울 시인의 안부를 묻는다
봄마다 진달래꽃 몇 소쿠리씩 먹고 자란

마음의 안부를 묻는다
그 마음 잘 있지?

아! 마음의 소쿠리에 수북이 쌓여 있던
연분홍 섬이여

선촌에서

질긴 그물 찢어져 퇴직한 통발들
밭둑에 널려 바람에 삭는다

무덤 속에 들자 겨우 무성해진 어느 일생 곁에서
기타를 뜯는 청춘들의 행복 해당화 몇 송이로 흔들리고

푹푹 꺼지는 모래밭에는 한 무리 노년
늙지 않는 술이 늙은 몸들을 입고 춤춘다

우거진 해송 아래 기슭을 따라
억센 바람에 밀려온 발목 없는 해초들의 근친상간
뒤엉켜 말라 한 장의 커다란 파래김

파래김에 둘둘 말아
깨소금 가득 푼 간장에 찍어 먹고 싶은
흰쌀밥 같았던 시절
저기 고봉(高捧)의 섬에는 아직 남아 있을까

술이 목을 빌려 부르는

흘러간 유행가 목이 쉬어도 닿지 않고
건너갈 목선 한 척 없다

욕망

호박꽃 아가리 쫙 벌린 칠월의 정오 돼지국밥집

폐지 가득 찬 리어카 길가에 세워두고

바보, 혼자 국밥을 먹는다

양파 고추 된장에 찍어 우적우적 씹어 먹는다

바보 속에 숨어 있는 허기진 섬

혓바닥으로 국밥 그릇까지 핥아 먹고

다라이에 꽂힌 수국 꽃구름 토해내는 계단에 앉아

지나가는 허연 넓적다리들을 쳐다본다

고개, 해바라기처럼 저절로 돌아가는 바보의 눈 속에서

시커먼 섬의 등지느러미가 잠시 솟았다가 가라앉는다

바보 속에 갇혀 있는 섬은

하루치의 노동을 털어내고 동굴 깊숙이 들어가 누워 잠
들면

기지개를 켜며 깨어날 것이다

깨어난 섬은

만 발이나 되는 붉고 긴 혀를 바보의 입 밖으로 뻗어

바보의 몸에 껍질처럼 들러붙어 있는

작업복을 친친 감을 것이다

바보, 포경수술 하지 않은 장미꽃 되어

한껏 발기될 것이다

짐자전거

골목 구석에 처박혀 있는
녹슨 짐자전거 한 대

어떤 일생이 여기까지 타고 왔을까

하늘을 받치고 있는 아틀라스처럼
밧줄에 묶여 양식장 울타리를 지고 있는
빛바랜 부표 같은 생이 타고 왔을까
날아오를 수도 가라앉을 수도 없는 부표처럼
삶도 죽음도 아닌 어떤 일생이 타고 왔을까

아니면, 누군가의 뼈일까

노인과 바다에 나오는 대어처럼
낚싯바늘 물고 타인의 배에 묶여 끌려오는 동안
난바다에서 살 다 뜯어 먹히고 남은
누군가의 뼈일까

노역의 막장에서 헤매는 동안

마음의 육덕 다 뜯긴 어떤 일생
골목 구석 선술집에 곡괭이 자루처럼 박혀
대낮부터 목포의 눈물 술잔에 들이붓는
늙은 섬에게 남은 마음의 뼈일까

귀고리

서호시장 영주상회 평상에 앉아 있는
검붉은 황토 덩어리
마추픽추의 흙으로 빚은 인디오
귓불에 박힌 섬 속에는 무엇이 살고 있을까?
영주 산골 탱자나무 울타리 둘러놓은
초가지붕에 달린 박처럼 뽀얀 살이 걸쳤던
과육 같은 기억이 살고 있을까?
무덤 속에서도 반짝일 이승의 눈물이 살고 있을까?
윤회를 거슬러 올라 잉카의 언덕에서 만난
첫사랑의 눈망울이 살고 있을까?
잉카의 풀잎에서 뒹구는
이슬 같은 마음이 살고 있을까?
죽을 때면 빠져나간다는 몇 그램의 혼을 뭉쳐놓은 것처럼
흙이 아니라는 표지로
할머니 귓불에 박힌 섬 속에는……

섬 고구마

외딴섬으로 시집왔다
정월 대보름 달 같던 처녀
몸뻬 속으로 시집왔다
마추픽추 산정 같은 외딴섬 밭에서
정월 대보름 달 같던 처녀
머리에 수건을 두르고 둥근 모자를 눌러쓰고
인디오가 되었다
젖가슴 두 개 솟아오른 거대한 무덤 속으로 시집간
정월 대보름 달 같던 처녀
숨 쉴 구멍 하나 남기지 않고 허연 천 친친 감긴
미라가 되었다
외딴섬 황토밭에서 반평생 고구마를 캐는
정월 대보름 달 같던 처녀
허리 굽은 고구마가 되었다
황토색 꼽추가 되었다

먼 섬에서 보내온
붉은 섬들을 삶아 먹는다

한 여자의 일생을 먹는다

판데목에서

번번이 허탕 치는 갈매기 울음 너머
건너편 조선소 크레인 멈춘 지 오래

오줌발 굵은 하수도 등지고
달팽이처럼 깃들였던 누군가의 축축한 노동
오래전에 빠져나가 버린 오렌지색 작업복 입고
조개 파는 아낙
삽으로 갯벌을 퍼 올려 체로 거른다

체에 남는 조개처럼 단단한 것 하나 남기지 못하는
진종일 퍼 올리는 허망한 삽질 뒤에 두고
녹슨 난간에 기댄 몇 개의 생들이 피워 올리는 연기들

생의 내장을 태워 독한 연기 다 내뿜고 나면
허물만 남는 이생을 이미 모두 태워버린
삭정이 노파가 밀고
태울 마음 한 줌 없이 태어난 바보가 끌고 가는
폐지 가득 짊어진 절뚝발이 리어카

따라가며 농 던지고 받는 할머니

얼굴에 능소화 활짝 피어 있는 자연산 생불 같은 꼽추 할
머니

가슴에 숨어 있는 서천꽃밭

흐드러진 한 무리 생불꽃 환한 섬 속에

깃 빠진 수탉 한 마리로 기어 들어가

갈고리로 파헤쳐 꽃씨 몇 알 주워 먹고 싶다

홍시처럼 익은 장마의 체취

눅눅한 하오

* 서천꽃밭 : 제주 무가(巫歌)에서 저승의 동쪽 끝에 위치하는 꽃밭. 이
  꽃밭에는 사람을 생겨나게 하는 생불꽃, 사람을 죽이는 멸망꽃, 웃음
  꽃, 울음꽃 등 갖가지 신비로운 꽃들이 피어 있다.

노파

누군가의 배 속 따뜻한 연못에서 꼼지락거리기도 했던가
은빛 울음의 칼로 탯줄 끊고 나와
젖 냄새 입고 기어 다니기도 했던가

콧속으로 불어 넣은 신의 호흡
사지 끝까지 모세혈관 타고 돌던 숨결
흙으로 지은 살 속에 온갖 푸른 것들을 풀무질하는 숨결에
배가 터지도록 불러와
꽃을 입고 비를 입고 흰 눈을 입고 걸어 다녔던가
타오르는 칸나에서 빌려 온 불씨로
갈비뼈 속 텅 빈 허공에 불 피웠던가

눈 시린 장작불에 눈물 흘리며
흙집 아궁이에 붙어 밤새도록 군불 지폈던가
뜨끈뜨끈한 구들장이 되었던가
통나무 같은 지아비 등 지지고 먼바다로 나가고
아랫목 콩나물시루에 담긴 새끼들 무럭무럭 자랐던가

암나귀 입김 같던 피 어느새 식어버리고

34

닳은 바위처럼 웅크린 원숭이가 되어
차가운 섬이 되어
시래기 어지러운 밭 한가운데 박혀 있다

층층 시루떡처럼 쌓였다가 식어버린
시간의 지층을 안고

문득

콘크리트 벽 갈라진 틈에 솟아오른
민들레를 볼 때마다
뿌리에만 눈이 갔었습니다

콘크리트 틈을 비집고 들어가
제 살로 흙을 만들고 제 피로 물을 만든
스스로 만든 흙과 물로
떡잎을 만들고 줄기를 만든
독한 뿌리에만 눈이 갔었습니다

승리한 뿌리가 쓴 눈물겨운 왕관
환한 꽃에만 눈이 갔었습니다

그런데 오늘 문득
저 민들레가
콘크리트 벽 속에 무기수로 갇혀 있는
어떤 섬의 외마디 탄식이라는 생각이 듭니다

기진맥진한 섬이 온 힘으로 벽을 찢고

토해내는 날숨이라는 생각이 듭니다

눌리다 눌리다 폭발한 화산이라는 생각이 듭니다

지금껏 내 눈이

교복에 달린 민들레꽃만 했던 것입니다

흙냄새

안개 뿌연 벌판에 강대나무로 서 있다는
당신의 편지를 받고

흙냄새로 반지를 만들어
당신의 손가락에 끼워주고 싶어졌습니다
흙냄새로 목도리를 만들어
당신의 목을 둘러주고 싶어졌습니다
흙냄새로 허리 구부정한 소 한 마리 만들어
앙상한 당신의 무게를 태우고 싶어졌습니다

어릴 적 뒹굴던 과원(果園)이
내게 남긴 유일한 유산인 흙냄새
모든 것의 자궁이면서도
제 것 하나 없는 해탈인 흙이
후광처럼 두르고 다니던 냄새로
작은 섬 하나 짓고 싶어졌습니다

당신이 깊이 뿌리 내리고
푸르게 타오르는 물 한 그루로 서 있을

바위

꿈속을 걸어 다녀오곤 하던

어릴 적 바닷가

삼십 년 만에 다시 오니

떠나면서

작두로 짚단 썰듯 썰어 물가에 뿌려준 유년이

송사리 떼 되어 여태 헤엄쳐 다니고

하굣길에 고사리손으로 쓰다듬어주던

보드라운 등에 드러누워

어루만지는 기억들

두툼한 살갗에 수정들로 박혀 있는

그때의 기억들 손바닥에 닿는 감촉에

어느새 불 밝힌 색색 꽃등 피어오르고

등 맞대고 한참을 누워 있으니

식어 있던 섬 은근히 데워져 따뜻한 피가 돌고

섬도 눈물을 흘리는지

볼에서 뒹구는 아카시아꽃 서너 송이

아! 짙은 향기 뭉쳐

다시 빚어보는 그 시절

닭 울음소리

몸통은 광활한 초원
늑대를 곰을 들소를 몰고 다니던
산맥의 파도
활엽수림 침엽수림
그 푸르게 붉게 타오르던 갈기들
눈동자 깊이를 알 수 없는 수심 속에는
비늘 번쩍이던 전설들……

갇혀 있다
야성을 삭발당하고 보호구역에 갇힌 원주민처럼
콘크리트 바다에 갇힌 섬
알코올중독 당뇨 우울증……
배란도 되지 않고 정자도 지느러미가 없고
기껏해야 사춘기 팬티에 수놓인
울긋불긋한 것들 몇 송이
무기력이 내뿜는 한숨 같은 몇 송이

울어라
흙이여

유전을 거슬러 올라

먼 조상의 우렛소리를 흉내 내며

목이 터지도록

계곡

허연 찔레꽃에 처박히면서 교미하면서
윙윙거리는 꿀벌 떼
짝 부르는 새의 목젖 타오르고
허공에서 터지는 까마귀 울음
초경(初經) 같은 황토밭
푹푹 밟고 간 돼지 발자국

뽕나무에 무수히 매달린 과부들의 젖꼭지들
엉겅퀴에 웅크린 보랏빛 고슴도치 새끼들
종려나무 누런 조밥을 토해내고
무복(巫服) 몇 벌 잘게 썰어 뿌려놓은 듯
도처에 야생화 어지럽게 숨 쉬는 계곡은
발정 난 옥문(玉門)

저기 바다 건너
거대한 남근에서 태어난
시커먼 구름장 몰려오고

콩알만 한 정액 몇 방울
뚝뚝 떨어진다

삽

한 남자의 평생이 거꾸로 박혀 있다가
목이 부러지고 나서야 빠져나갔다

부러진 목 두고 생은 어디로 갔을까
눈도 코도 귀도 없이 어디로 갔을까
내장 다 들어낸 배 활짝 벌리고
빨랫줄에 매달려 있는 물메기처럼
살붙이에 매달려 겨울 볕이나 쬐고 있을까
어느 골방에 갇혀 삭고 있을까
외딴섬 둘레만 헤맨
눈먼 잡어 떼 같았던 이승의 세월
삭고 삭아 젓갈 몇 동이로 고여 있을까
종이꽃 환한 상여 배 타고 떠나버렸을까
샛바람 상두꾼 삼아 갈매기 울음 만장 삼아
수평선 너머로 가버렸을까

버려진 밭모퉁이 이 빠진 돌담에 누워
자루 없는 삽 하나 홀로 녹슨다

녹슨 칼

돈오돈수!

자맥질하고 나온 갈매기 젖은 몸 흔들어 물기 털어내듯
단번에 털어버리고 싶다
한 줌 벚꽃처럼 허공에 흩어버리고 싶다

그러나
마음의 장독대 한쪽 구석
모계사회의 여인처럼 배부른 장독에서
젓갈처럼 오래 삭아야 할
한 마리 무쇠 넙치

어느 세월에
여름 초저녁 하늘 야윈 반달이 될까
붉은 피 흐르는 칡넝쿨 살아 꿈틀거리는
더벅머리 숲 위에 떠 있는
낡은 창호지 같은 반달이 될까

어느 세월에 흙이 될까

드나드는 시간에 바람에
새벽마다 피어오르는 소금 안개에
앙상한 달의 뼈대마저 허물어져
한 줌 흙이 될까

욕지도 양식장
논배미만 한 뗏목의 심장에 꽂혀 있는
녹슨 칼 한 자루

별 한 송이

객실 바닥 뜨끈한 자궁 속에는 다리 오므리고 잠든 태아들
꿈속에서 푸른 섬을 뜯어 먹고 있습니다

누군가 던져주는 새우깡에 걸신들린 갈매기 떼
날개로 바람 저으며 쫓아오는 길 고단합니다
수소의 성욕 같은 여객선의 엔진이 쟁기질하는 물이랑
허연 거품 물다가 잦아듭니다

낙조가 만드는 물비늘 눈부신 길 따라가고 싶었던 때도 있
었지요
　물 위를 걸어 나가 저기 서쪽 끝으로 가고 싶었던 때도 있
었지요

　고물 난간에 기댄 마음이 피워 올리는 연기
　허공에 닿자마자 풀어져 흩어지고
　당신 깃들인 섬 아득히 멀어져 망자처럼 어둠 속으로 사라
지는데

　마르고 꺾인 풀들 데리고 까만 염소 몇 마리 데리고

둔덕을 넘어가는 빛바랜 당신의 오솔길 여기까지 따라와
있습니다

승천도 투신도 모르는 외로운 길 하나 일몰에 흘러 들어가
잠드는
사립문 없는 돌담 엉성한 집 한 채
멀어져 멀어져 별 한 송이 빛납니다

밤비

꿈결에 가랑비 자욱했습니다
가는 빗소리가 피워 올린 주술처럼 뿌연 안개의 태반 속
에서
오래전에 사라졌던 그 섬이 다시 태어났습니다

순결한 아침이 봉숭아꽃에서 걸어 나왔습니다
슬픔 한 올 없는 저녁노을이 나팔꽃 한 송이로 피었습니다
웅녀가 동굴에서 멍게를 까고
아버지 참나무 다리로 산을 졌습니다

다시 태어난 섬은
갓 태어난 송아지처럼 뒤뚱거렸고
나는 송아지 털에 묻어 있는 물기를 핥아주는 어미가 되어
마른 혓바닥으로 섬의 등을 핥았습니다

빗방울 굵어지고
잠의 알몸에 돋아나는 소름
꿈의 멍석을 말아버립니다

홀로 눈 뜨는 어두운 방
부화된 병아리처럼 따뜻하던 섬 아득히 사라지고
섬의 체온만 남아 있습니다

갈 수 없는 섬과 발을 뺄 수 없는 이쪽 언덕이 뒤섞인 이
불을 덮고
가만히 누워 있는 어두운 방

눈물이 흐릅니다
먼 옛날 누군가 세례를 베풀던 강물이 흐릅니다
진흙 인형이 되어버린 얼굴을 씻고 씻어
보드라운 살결 다시 드러나게 하는 강물
소리 없이 소리 없이 흐릅니다

신화의 시간

하늘에 사는 사람 밧줄 타고 내려와
땅의 여자와 잠자리하고 다시 하늘로 돌아가던 시절
여인이 알을 낳고 알에서 태어난 아들이
아버지 찾으러 박 넌출 타고 올라가 하늘 문 두들기던 시절
용이 끄는 수레 타고 하늘로 바다로 돌아다니던 시절

그때 꽃은 이름이 없었지요
지게에 달구지에 꽂고 다니고 지짐 부쳐 먹고
길 가다 무심하게 한 주먹 뜯어 먹기도 하는
그냥 꽃이었지요

이름 없는 꽃을 뜯어 먹는 사람들
모두 이름이 없었지요
흙에 뿌리 내리고 나무처럼 살았지요
달빛 은은히 부서지는 물 같은 마음으로 살다가
바람에 실려 갔지요
실려 간 사람들 가끔씩 박 바가지만 한 별이 되어
서쪽 하늘에 떠올랐지요

사람에게는 이름이 없었지만
소에게는 이름이 있었지요
자도 있었고 호도 있었지요

바위 속에는 피가 흘렀지요
산이 한 덩어리 살이었지요
살 속에서 산의 영혼이 밤마다 소쩍소쩍 울었지요

신화의 시간!

흙을 밀어제치고 불쑥 튀어나와 놀라게 하는 대나무 뿌리
처럼
마음의 지층 어딘가에 푸른 마그마로 살아 있는 섬

그 섬의 배 속에서 흘러나오는 길 따라
당신과 걷고 싶은 봄입니다

시골 버스

늘씬한 아카시아 가지 차창을 후려친다
목백일홍 자욱한 노을 너머 협곡 아래
왜가리 서 있는 선창 붉은 고추를 널어놓은 지붕들
길 따라 늘어선 부동산 사무소 낚시점
외지에서 던진 미끼에 모두 낚여버린 멍청한 땅들
육지를 집어삼키고
아득한 철탑에서 뻗어 나가는 전선을 따라
바다를 건너가는 자본들
무주공산을 통째로 삼키는 칡넝쿨 파도 같은
늘 공복(空腹)인 자본들

그래도 버스 안은
늙은 시간이 외다리 선장처럼 다리를 절고 다니는지
조개 문어를 다라이에 들고 타는 할머니
몸뻬에 밴 갯냄새 맡고
따라 탄 상고머리 섬들이 한 자리씩 차지하고
풀벌레 튀는 밭에서 딴 푸성귀 같은 사람들
툭툭 던지는 안부 인사 따라
삼사 대의 이름들이 벼메뚜기가 되어 튀어 다니고

어디에서 나는지

오래 퇴적되어 숙성된 냄새

버스의 일생을 타고 내린 모든 이들이 남긴 냄새

층층이 쌓여 버스의 체취가 되었다가

늙은 버스의 영혼이 되어버린 냄새를 맡고

지나간 시간이 줄줄 흘러나와

추억의 옹달샘 슬슬 차오르고

말라 금 간 마음 바닥 깊숙이 파고들어

숨어 있던 푸른 가재들 기어 나와

바위틈을 돌아다닌다

명태

아득한 옛날 동해가 차가운 바다였을 적에는
멋모르고 떼 지어 다니다가
당신의 그물에 사로잡히기도 했었지요

당신 입맛에 맞추려고
눈 맞고 비 맞고 벼락 맞고
별똥별 무수히 떨어지는 밤 쏟아지는 우주를 맞고
대관령 넘어오는 바람에 몸을 말리기도 했었지요

눈 쏟아지는 저녁 포장마차 후줄근한 치마 속에서
연탄불에 그슬린 몸 북북 찢어
고추장 립스틱 짙게 바르기도 했었지요
당신 곁에 다소곳이 앉아 있고 싶어서

이른 아침에는 우렁각시가 되어
콩나물 다진 마늘 파 듬뿍 집어넣고
맑은 해장국도 끓였었지요
당신의 쓰린 속을 달래주려고

아득한 옛날이었지요
푸른 동해가 차디찬 바다였던 시절이었지요
함박눈 내리는 겨울 초가삼간에서
당신과 나, 얼어붙은 몸을 데우기 위해
서로 기대고 살던 시절이었지요
당신의 체온이 내 체온이었던 시절이었지요

푸른 행성을 붉은 행성으로 만드는
자본의 군불에 동해 데워지고
더 찬 바다를 찾아 명태 떠나고
떠난 명태는 아득한 전설이 되어버리고
지금은 묵호에서 상어가 잡히는 시절

나의 피도
욕망의 군불에 데워져 있습니다
눈을 맞으며 비를 맞으며 쏟아지는 우주를 맞으며
당신을 위해 나의 존재를 바꾸던
흑백영화 같은 시절도 다 사라졌습니다

당신 나, 이제 멀리 떨어져 서로 아득한 섬이 되었습니다

홀로 있어도 끓는 섬의 혈관 속에는

등지느러미 곧추세운 백상아리들 눈을 부릅뜨고 있습니다

아이

담장 없는 슬레이트 지붕 아래
맨드라미 뚝뚝 떨어진 혈흔들
늘어진 빨랫줄엔 가자미 서너 마리 매달려 있고
해 지난 달력 속엔 누렇게 빛바랜 연꽃들

일가, 소쿠리에 담긴 자두들처럼 붙어 사는
슬레이트 지붕 아래
군데군데 살 떨어져 나간 늙은 문둥이 같은 평상에 누워
아이, 영어 몇 도막을 외우고 있다

낯선 낱말들이 다리가 될 수 있을까?
알파벳 하나하나가 까치
까마귀가 되어 다리를 놓아줄까?
아이가 털 빠진 늙은 개 같은 이 섬을
걸어 나갈 다리를 놓아줄까?

아니면, 이제 가난이라는 놈도
외국어 몇 마디 문신 새겨진 알몸으로
돌아다녀야 하는 시대인가?

장자를 읽는 밤

장자를 읽는다

마음 바다 한복판 돌섬에
빽빽이 새겨진 글자들
아름드리 장송도 고사시키는
독한 똥 싸는 백학(白鶴)이
쇠 발톱으로 새겨놓은 글자들
애벌레 되어 꿈틀거린다

환히 흩어지는
나비 떼!

대섬

서어나무 굴참나무 빽빽한 산발치

멧돼지 대여섯 마리

낙엽 뒤집어쓰고

황토 붉은 살 우적우적 씹어 먹으며 놀다가

인기척에 놀라 도망간다

양철 지붕을 지나가는 굵은 우박 떼처럼

고요의 살얼음을 짓밟고

산의 명치 쪽으로 몰려간다

허연 뜨물 같은 생이 걸친 누런 몸속에서

산발한 대섬[竹島]이 일어선다

시퍼런 바람 대숲을 쓸고 간다

토종닭

아궁이 속에서 낮잠 자다가
들이닥치는 장작불에 쫓겨
방고래 깊숙한 곳에서 비박하고
다음 날 터벅터벅 걸어 나오던 놈
온몸의 깃털 검게 그을린 채
한 두어 달 지네 사마귀 잡아먹고 다니면
어느새 검붉은 황토로 변해 있던 놈
새끼 독사 걸신들린 듯 먹어치우고
배추 이파리에 주둥이 야무지게 닦던 놈
부리부리한 눈에
가부장의 벼락이 살짝 얼비치던 놈

남도(南島)를 쪼아 먹고 남도처럼 통통해진 놈을
남도에서 만난다

이놈! 오랜만이구나

바람

구름을 핥으며 까마귀 소리를 핥으며

참나무를 핥으며 신우대를 핥으며

사람 발자국 짐승 발자국

어지러이 뒤섞인 오솔길을 핥으며

공룡이 남긴 불알을 핥으며

어창에 해와 달이 살고 있는 뽀얀 목선을 핥으며

자궁 들어낸 노파 같은 폐선을 핥으며

누렇게 삭은 양철 지붕을 핥으며

지붕 밑 구멍 숭숭 난 돌담을 핥으며

담쟁이처럼 감기는 생계를 핥으며

더벅머리로 살던 일생이 묻힌 더벅머리를 핥으며

살아봐야지…… 하는 모든 초록을 핥으며

발버둥치는 모든 살을 핥으며

불어오는

바람에 들러붙은 체취들

희멀건 피 다시 푸르게 물들인다

바람의 전신에 소나무 껍질처럼 들러붙은

너의 체취들

빈집

이곳에는 평평한 땅이 없다
바다에서 묵직한 돌을 져 올려 바닥을 만들었다
산기슭으로 흘러내리는 흙을 담았다
돌로 쌓은 침대에 편안히 드러누운 흙
찬 겨울 보리가 파릇파릇하다

흙을 모시기 위해 져 올린 돌!
마음 하나 모시기 위해
험한 비탈 찾았던 옛사람 생각이 난다
등으로 져 올린 돌로 바닥 고르고 담 둘러
두어 칸 초막 속에 성한 마음 하나 모시고 살았던
옛사람 생각이 난다

흙을 모시기 위해 돌을 져 올릴 사람 없는데
마음을 사기 위해 세상을 팔 사람 어디 있으랴

외딴섬 산비탈 허물어진 빈집 한 채
마파람이 살고 있다

무인도

사타구니에 붐비는 유채색 꽃잎들
어지러운 나비 떼로 띄워
무지개다리 하나 놓고 싶다

망망한 흑백에 박힌
무정란(無精卵)

그대, 외로운 사람아!

맨발로 걷는다

잘록한 네 허리에 펼쳐진

몽돌 밭을 걷는다

마파람이 시작되는

뭉게구름 피어오르는

저녁노을로 타오른 생이 잦아들다 사라지는

수평선 너머를 힐금힐금 곁눈질하며

바람도 길을 잃는 망망대해에 떠 있는

한 덩어리 살에 갇힌 시간을 걷는다

처녀의 머리털처럼 윤기 흐르는 시간

파도가 게걸스레 뜯어 먹는 한 도막 기름진 시간을

맨발로 걷는다

발바닥에서 정수리까지 이어진 수만 지류(支流)에

뜨끈한 불이 흐른다

몸속 텅 빈 밤하늘에

유성우(流星雨) 쏟아진다

모래밭

외딴섬 기슭 모래밭을 걸어갑니다
눈 지그시 감고 맨발로 걸어갑니다
온몸 구석구석 퍼져 있던 신경이
지류를 타고 흘러내려 발바닥에 모입니다
발바닥 속에서 은빛 송사리 떼 파닥거립니다
걸어가면 걸어갈수록 당신과 나
두 섬이 끌어당기는 수평선 팽팽해집니다
팽팽해진 현(絃)에 튕겨 물오리 떼 날아오릅니다
인적 끊어진 모래밭을 걸어갑니다
당신 마음 깊은 곳에 버려진 슬픈 사막
홀로 걸어갑니다
눈먼 맨발로 성서(聖書)를 찍으며

밤바다

망망한 가슴 깊은 곳에서
헤엄쳐 다니는 말[言]들을
은비늘 눈부신 말들을
등지느러미 곧추세우고 호마(胡馬)처럼 몰려다니는 말들을
용암처럼 치솟고 싶은 말들을

중천 만월에 서서
임꺽정, 뜰채로 퍼 올린다
팔뚝에서 솟아오르는 산맥들
파이는 계곡들

산채 같은 근육이 끌어 올린
퍼덕거리는 빛 억만 대군
무리 지어 끓다가 오랑캐처럼 몰려간다
저기 먼 섬
홀로 있는 그대 곁으로

붉은 흙더미

매화 환한 봄날 봄맞이하러 가다가
길섶에서 흙더미를 만났습니다
겨우내 바람에 시달린 시금치 마늘 봄동 들이
주근깨 검버섯처럼 박힌 늙은 밭떼기 가에
수북이 쌓인 한 더미 붉은 섬을 만났습니다
문득 어릴 적 마음이 생각났습니다
명절 아침 차례 상 수북한 시루떡 같았던
어릴 적 마음이 생각났습니다

당신이 손을 내밀 때면 언제든지 드릴 수 있는
당신이 장화 신고 들어가 땀 흘리며 사랑타령 흥얼거리며
새참으로 막걸리도 한 사발 마시며
초가삼간 한 채 지을 수 있는
한 더미 붉은 마음이 생각났습니다

아직도 내 속 어딘가에 숨어 있을

소묘

바람이 쓸어놓은 하늘

누군가 소금을 한 바가지 뿌려놓았다

파도 출렁거리는 붉은 황소의 음낭

억만 자루를 부어놓은 바다

멀리 와불(臥佛)들인지 남근들인지 모로 누워 있다

달빛 쩌렁쩌렁한 저 바다를

북두칠성 국자로 퍼마시고

한 자루 꽉 찬 음낭이 되고 싶은 허물들

낚싯대 곁에 쪼그리고 앉아 있다

때 묻은 공복이

벌레 울음 백만 대군 들끓는

허공을 빨아 당긴다

별 몇 송이

혼신으로 피었다가 잦아든다

새벽

아버지가 되어 홀로 깨어 있는 새벽
혈관 속에 붉은 꽃을 넣고 다니던 시절
입에서 폭포가 쏟아지던 시절
도끼로 하늘을 패던 시절
다 흘려보내고 아버지가 되어
식솔들 모두 자는 시간에
잠 못 이루는 죄인이 되어
곤히 잠든 얼굴들을 바라보는 새벽
송아지 젖 빨리며 되새김질하는 눈망울 되어
가난한 아버지 홀로 눈시울 적시는 새벽
야윈 마음 무채색 섬이 되어
어두운 바다를 떠도는 새벽
빛바랜 흑백사진 속에서 젊은 아버지 걸어 나와
금 간 등을 쓸어주는……

중년의 갯벌

낮 내내 처녀 볼처럼 팽팽했던 만조(滿潮)는
짙은 화장이었던가
인적 끊어진 밤
어느새 빠져버린 썰물이 드러내는 갯벌

헝클어진 파래들 덕지덕지 붙어 있는 석화들
겨드랑이 성긴 갈대밭에 깃들인 오리들의 얕은 잠
허물어진 구멍들에서 흘러나오는 실낱같은 호흡들
누군가 함부로 딛고 간 발자국 푹 파인 상흔에 고인
눈물 속에서 꼼지락거리는 회한의 지느러미들

멀리 잠들어 있는 외로운 섬 하나
마른 손바닥으로 쓸어보며
홀로 걷는 중년의 갯벌
적막 속에서 문둥이 바위가 새끼를 핥고 있다
눈꺼풀 없는 달 하나 새벽에 박혀 있다

단맛

섬에서 자란 이파리를 씹는다

오랑캐처럼 밀려오는 바닷바람
모든 직립을 흔드는 가파른 섬 비탈
생이 받은 즙 다 빠져버린
늙은 작부 같은 밭에 뿌리 내리고 자란
푸른 이파리를 씹는다

이파리 속에 뿌려진 설탕을 씹는다

태고의 밤을 수놓다가
서리 맞은 이파리 속으로 사라진
황홀한 성좌들을 씹는다

기쁨

비진도 선유봉 내려오는 오솔길에서
어떤 후박나무를 만났습니다
바람 한 점 없는데 후박나무는
뭍에 오른 청둥오리가 젖은 몸을 터는 순간처럼
환한 전율에 휩싸여 있었습니다
이파리를 열고 속을 들여다보니
잔가지 사이를 파닥거리고 다니는
엄지손가락만 한 새들의 무리!
새 떼의 요란한 날갯짓 소리에 후박나무는
커다란 동백꽃들이 끓이는 무쇠 솥 같았습니다
솥뚜껑이 흔들리고 있었습니다
솥의 몸통이 불룩거리고 있었습니다

그 시절

　기억 속에 굴참나무 빽빽한 숫총각 섬으로 떠 있는 그 시절을
　길게 늘이고 팽팽하게 당겨 활을 만든다

　땅을 후려친다
　지진이 일어난다 산짐승들의 낮잠 산산조각이 난다
　무덤이 갈라진다 뼈들이 일어선다 살 걸치고 걸어 나온다

　갯벌 억만 연탄구멍에서 분수가 치솟아 오른다

　남해가 쩍 갈라진다

그 섬에 가고 싶다

소가 아프면 저녁 내내 소의 배를 쓰다듬던
굳은살 박인 커다란 손이 있었다

일어설 수 없는 생도 한 지붕 아래서
당당히 방 한 칸을 차지하고 있었다

어떤 지붕이 콜록거리면 섬 전체가 콜록거렸다
한 몸 되어 콜록거리는 일이 섬의 호흡이었다

그 푸른 숨결에 복사꽃 구름처럼 피어났다
맑은 샘물 끊어지지 않았다

그 섬에 가고 싶다

* 그 섬에 가고 싶다 : 정현종의 「섬」 중에서.

제
2
부

떡집

새벽 시장 훑고 가는 출근길
발톱 단정히 깎고 짚으로 허리 묶은 시금치들
빈 배 활짝 벌리고 열병식 하는 대구들 지나
뜨끈한 떡집
육덕 푸짐한 살에서 김 모락모락 피어오르는
시루떡을 보니
시루에서 보낸 한 시절이 생각나
장작불 수사자 갈기로 데워진 시루 속에서
뽀얗게 익은 어린 마음에
무시로 뿌려진 복사꽃 고물 두툼히 덮여 있던
한 시절이 생각나
빈 가슴 벼 그루터기 삭아가는 겨울 들판에
허기, 까마귀 떼로 내려앉고
누렇게 떠오르는 시간에 밀려가던 길
오래 멈춘다

해저터널에서

그대는 떠났지만

오귀스트 르누아르가 그린 처녀의 넓적다리만큼 두툼한
백여 개의 줄기마다 불 모두 꺼진 고도(孤島)의 별 무리처
럼 매달린
　은목서 하얀 꽃잎들이 토해내는 다디단 해무(海霧)
　가득 고인 해저터널 속을 걸어가던 우리의 옷에 머리에
　벌목장 톱밥처럼 수북하던 향기 툴툴 털어버리고

그대는 떠났지만

그대와 함께 퍼덕거렸던 생의 한 도막
이 밤 다시 퍼덕거려
그대도 없이 걸어보는 천리향 자욱한 바다 밑 동굴
마음의 해저 깊숙한 곳 마른 손으로 더듬으니
어느 전복에 흑진주로 뭉쳐 있던 기억들 다시 풀어져
잔잔한 수면에 떠오르는 붉은 꽃잎들

그대는 떠났지만

붉은 꽃잎 말아 든 술잔에

그대 철철 넘치는 밤

만년필

들키기 싫은 마음
튜브에 담아 꽂고 다니기도 했었지요
풋사과 같은 마음 가슴께서 출렁대다가
나도 모르게 흘러나오기도 했었지요
하얀 설원에 번진 푸른 숲
빨아도 빨아도 지워지지 않았지요

사랑니 앓던 밤
아메리카 들판에서 배를 갈라 꺼내 먹는
들소의 간처럼 뜨끈뜨끈한 날그리움에 붙들려
편지를 쓰기도 했었지요

첫새벽 적막에 찍히는 순록 발자국처럼
또박또박 적은 이별
뚝뚝 떨어지는 눈물 몇 방울에 미역처럼 풀어져
산발(散髮)이 되기도 했었지요

붉은 동맥을 흐르는 강물을 퍼내

당신 가슴에 부어주던 깔때기!

귀먹은 라디오 곁에 누워 있습니다
산맥을 거세당하고 보호구역에 갇혀 있는 인디언처럼
지나가버린 한 시절의 유해(遺骸)처럼

용천탕

한때는
용 떼가 우글거렸던가

출렁거리던 만조 빠져나간 음낭
부처의 귀처럼 늘어지고
오래전에 유통기한 지난 불알을 꺼내 말려
실에 꿰어 손목에 차고 다니는 노옹들
머리는 세월이 두들긴 늙은 목탁
아랫배 속에는 느린 숨을 쉬는 새끼 거북이
국화 분재 운운하는 노옹들
무지개 찬란한 비늘 대신 마른 비듬을 털어내는
용천탕

체중계 치매를 앓고
유리로 빚은 목련들 시력을 잃은
여기에도 한때는
용 떼가 새끼줄을 꼬며 놀았던가

잉잉거리는 성난 꿀벌 떼 가두어놓고

대문 잠근 호박꽃

한때는 부푼 성기였던 내 가슴처럼

한때는 여기에도……

대나무

지나온 시간의 도막들
속이 텅 비어 있다
텅 비어 있는 시간을 불면 피리가 된다
피리 소리는 아득한 어둠
잊어버렸던 별들 다시 돋아난다

허공이 뼈다
늘씬한 몸통을 지탱하는 척추가 허공이다
허공이 뼈이기에
우주의 살인 허공이 뼈이기에
뼈와 살이 붙어 있듯 우주와 통한다
거대한 허공과의 이야기는
새벽마다 맑고 슬픈 이슬을 낳는다

이파리는 단검
바람이 숫돌이다
종이처럼 얇게 갈았다
깨끗하고 단출한 푸른 단검
칼자루가 없다

칼자루가 없기에 장식이 없다

기어 다니는 용도 날아오르는 봉황도 없다

칼자루를 쥘 시커면 마음도 없다

연꽃 속으로

연잎 마당에서 가부좌를 틀어도 보다가
온몸이 코끼리 코 되어
절간 녹차 맛 흰 구름을 마셔도 보다가
혼신을 다해 직립하여 허공에
대나무 한 그루로 서 있어도 보다가
여우비에 쫓겨 살의 궁전 속으로 사라진
푸른 애벌레 한 마리
뽀얀 지붕 아래 푸른 잠으로 늘어졌는지
복숭아 과육 홍건한 꿈의 미로를
푸른 혓바닥이 되어 핥고 다니는지
한 마리 푸른 남근이 되어 뒹굴고 있는지
뒹굴다 한껏 부풀어 올라
한 줄기 산맥이 되어버렸는지
주름 잡고 백두대간 한 도막 되었다가
염천지옥에 녹아내려
한 사발 호수가 되어버렸는지
여우비에 쫓겨
처녀의 허벅지 베어 빚은 꽃부리 속으로 사라진
푸른 애벌레 한 마리

성하(盛夏)의 정오
심청이도 흰나비도 걸어 나오지 않는다

낯선 부둣가

충무김밥 오징어 무김치 족발 상추 쌈장 새우젓
소주 맥주 뒤섞인 질펀한 상 몇 개 차려놓고

버스 기사는 유행 지난 선글라스 끼고 나무젓가락 들고
뚜쟁이처럼 돌아다니고

내 나이가 어때서…… 유행가 흘러나오고

바지 주머니에서 불알을 꺼내 던지는 노옹들
말라 쭈그러진 알밤을 깨물고 키득거리는 노파들

칠팔십 년 묵은 속을 다 빼 던져버리고 올라탄
관광버스가 풀어놓은 낯선 부둣가

내장 다 들어낸 아귀들 턱 빠진 건조대에 누워
일광욕하는 낯선 부둣가

축 처진 음낭에 구름장만 한 벚꽃이 차오른다
묵정밭 자궁이 주먹만 한 동백꽃으로 변한다

향

푸른 불로 타오르는
재갈 물리지 않은 바다로 요동치는
검은 혓바닥으로 밤을 핥는
살덩어리
이고 서 있던
뼈 속에
벽공의 허무에 쪼인 거대한 독수리 다리 같은
구렁이 몇 마리 꼬아놓은 삼손의 팔뚝 같은
폭풍이 괭이질한 황무지 같은
뼈 속에
숨어 있던 혼을
뼈의 힘줄이었던 혼을
뼈를 가루로 만들어 국수처럼 뽑아
가지런히 관 속에 눕혀두었던 혼을
꺼내 사른다
혼의 소매를 허공이 끌어당긴다
하늘로 올라가는 길
속이 텅 빈 노승의 지팡이가 되었다가
척추 없는 길

보이지 않는 지지대를 타고 오르다가

떠난 생의 피 그리워

나팔꽃 한 송이 피워도 보다가

해마

포세이돈의 마차를 끌었다고 한다
해신의 마차를 끌기에 충분한 형상이다
파도 위를 거침없이 달리던
거대한 말이 잦아들고 잦아든 것이다
사람의 수명이 아담의 수명에서 쪼그라든 것처럼
무량수가 줄고 줄어
정기진단을 받아야 겨우 안심하는 유리잔이 된 것처럼
골리앗 같은 심장이 잦아들어 동태 눈알이 된 것이다
제주도만 한 간덩어리가 잦아들어
자전거 방울이 된 것이다

암컷이 맡긴 알을 육아낭에서 키운다
평생 일부일처제다
투명하고 여린 마음속에 사는 추억처럼
소심한 연안에 산다
연기처럼 춤추는 해초들 사이에 산다
플랑크톤이나 작은 새우를 먹고 산다
어디에 어디에 좋다고 마구 포획당했다
멸종위기다 보호종으로 지정되어 있다

바닷가에서 주운 말라 죽은 해마를 들여다본다
좆이라는 물건이 떠오른다
한때 거대한 돌로 부풀어 올랐다가 번데기로 퇴화한
좆이라는 놈이 떠오른다

정량동 포구

온갖 비린내들의 만국박람회

기름 번진 물 위를

머리를 내민 물개처럼 떠다니는 검은 비닐봉지들

뒤섞인 언어들

김치 먹고 자란 언어들

망고 먹고 야자 먹고 자란 언어들

대낮부터 갈보처럼 다리 벌린 주점의 컴컴한 동굴 속에서

낮술 바가지에 취한 언어들

애비도 에미도 모르는 언어들

먼바다 지나가는 태풍의 헛기침 소리에

뼈마디 삐걱거리는 철선들

군데군데 껍질 벗겨진 철선의 내장 속에서

윗도리 벗고 잡어를 썰고 있는 동남아 사내

회칼보다 정글도가 익숙한 시커먼 손

철장에 갇힌 원숭이 같은 눈망울

갑판 천막 아래

모치 같은 사투리 툭툭 튀어 다니는

화투판 모퉁이에 쪼그리고 앉아 있는

커피 배달 온 여자의 허연 허벅지

한 줌 뜯어 질근질근 씹으면서 걷는다

오래전에 죽은 고등어 배 속을

고린내 핥으며 기어 다니는 희멀건 구더기처럼

천국도 지옥도 없는

두운(頭韻)도 각운(脚韻)도 없는

기승전결 따위 아예 없는

무심한 허공에서 던져진 생들

한 덩어리 몸통만으로 퍼덕거리는

늙은 포구

묵시록

무논이 고요하다 문신투성이였던 알몸이
미꾸라지 붕어 물방개 소금쟁이 들이 새긴
아프리카의 벌거벗은 몸뚱이에 새긴
문신투성이였던 꿈틀거리는 문신투성이였던 무논이
화분에 못 박힌 난초처럼 고요하다

허공이 깨끗하다 단식한 마음처럼 깨끗하다
온갖 숨결로 붐비던 허공이
동물성 허공이 털보 허공이
면도한 사무원이 되었다
풀만 뜯어 먹는 비구니 멀건 얼굴이 되었다

바다! 대나무에 낚싯줄 매달고 던지면
농어 새끼 돔 새끼 퍼덕거리며 올라오던 바다
뜰채로 멸치 떼 퍼 올리던 바다
청둥오리 억만 대군 털옷 걸치던 바다
푸른 잉크로 쓴 그때의 편지
부치지 못한 편지 종이배 접어 띄우면
비늘 지느러미 돋아나 용궁 속으로 사라지던

유리 바다! 납 거울이 되었다

골다공증을 앓는 나무들
검버섯 핀 동네 목욕탕에서 걸어 나오는 노파를 닮은
느릅나무 사타구니에는 빈 새집
어금니로 씹어 단물 빨아 먹고 뱉어버린
칡뿌리 같은 빈 새집

자동차 바퀴가 밀고 간
유기견을 뜯어 먹고 있는 까마귀들
저승 옷 걸친 까마귀들

논

그때, 너는 푸른 육체였다
어른 손바닥만 한 붕어가 심장에서 퍼덕거리다가
살의 울타리 밖으로 튀어나오기도 했다
콩팥 속에는 미꾸라지 떼 꼼지락거렸고
늘씬한 소금쟁이들 대패질한 허벅지 간질이며 걸어 다녔다

그때, 너의 마음은 해질녘 툇마루에 걸터앉아
피워 올리는 구름처럼 풀어져 흔들리던 수초들

누런 해가 산란하기 전인
그때, 목까지 차오른 물 찰랑거리던 너는
한 마리 거대한 달팽이였다
밤만 되면 꿈틀거리며 바다로 내려가
고래가 되어 헤엄쳐 다녔다

그러나 누런 해가 산란한 메뚜기 떼
구약의 심판처럼 덮쳐 온
눈먼 메뚜기 떼 훑고 지나간 너는
환상의 안개 모두 지워진 중년처럼 바싹 말랐다

쩍쩍 갈라져 구름장만 한 고름 딱지가 되어버렸다

윤기 흐르던 머리칼 뻣센 억새 되어 흩날리고
한 시절이 참수(斬首)되고 남아 있던 추억의 그루터기들
문둥이 발가락처럼 삭아 문드러졌다

내 어린 날이 무릎까지 푹푹 빠지던
네 젖가슴 잦아든 자리에는 허옇게 바랜 욕망들
구멍 난 혓바닥으로 바람을 핥는다

미륵산에서

정신의 도끼로 다듬은 일생처럼 서 있는
석탑 주위를 돌다 보니
돌에 새겨진 선선한 게송들
묵직한 계곡물 소리로 흘러나온다
편백나무 처처에 들러붙은 매미 떼
배 속에 고인 칠 년 치 울음 퍼내는
녹슨 양수기의 엔진 소리 서서히 잦아드는 숲 속
울음 다 비우고 떠난 매미가 남긴
겨처럼 가벼운 껍질 손에 쥐고
큰스님 사리탑 돌아 나오는데
왜 갑자기 막걸리 생각이 나는지?
온몸이 푸른 지옥 되어 꿈틀거리는 초록 거미가 되어
허공에 집을 짓던 시절이 남긴 사리가
어딘가에 숨어 있는 것일까?
저만치서 먹구름 선봉 세우고 진군해 오는
눅눅한 밤 내내 술로 식혀야 할 뜨거운 구슬들
마음속 어딘가에 아직도 있는 것일까?

여자의 일생

허름한 모자 허연 수염 소주병 깍두기……
새벽 시장 싸구려 해장국집에
거머리처럼 들러붙어 있는 군상들
낮이면 방구석에 뻗어 있다가 밤마다
술집을 노름판을 기웃대는 동태 눈깔들
어시장 구석에서 홍어처럼 삭아가며 번 돈
다 내놓으라고 저녁마다 지랄하는
눈먼 식칼 들고 지랄발광을 하는
마누라 앞에서만 벌떡 발기되는 불덩어리들
새끼도 에미도 모르는 당달봉사들

이런 것들을 업고 온
어떤 일생이 있다
이런 것들을 업고 가는
어떤 여자의 일생이 있다

염소

머리 허옇게 센 무덤
새끼 밴 염소 한 마리 풀을 뜯는다
해풍의 세상 산전수전 한세상 다 보내고
뿌리만 살아 있는 풀
한 줌 목숨을 지탱한 지팡이
쥐고 놓지 않는 쪼그랑박 노파처럼
땅을 움켜쥔 목숨의 손아귀 염소 고집보다 질긴 풀을
염소 고집으로 뜯는다
배 속 묵직한 새끼들이
풀을 감은 혀뿌리를 잡아당긴다

자궁을 떠나지 않는 늙은 새끼들 품고
재래시장 구석에 말뚝 박힌 여자
폐경기 오래전에 지난 여자의 목을
탯줄들이 친친 감고 있다

대구

서호시장 복판 둥근 쟁반에
암소 앞다리만 한 대구들
퉁퉁 부어오른 배를 안고 모로 누워 있다
대구처럼 두툼한 아낙이
작달막한 재래식 칼로 배를 가른다
지아비 배를 가르듯 단숨에 가른다
창자 알 다 쏟아져 나온다
아낙, 고무장갑 낀 손으로
지아비 토사물 같은 것들
도마 구석으로 쓸어버린다
제 속에서 쏟아져 나온 지아비 새끼
다 쓸어버리고 남은 허연 살
곪은 이승의 내장 다 들어낸 텅 빈 자루
펼쳐 맹물에 서너 번 헹군다

신선들

한때는 구름을 부렸던가?
하늘에 복숭아나무를 심어
붉은 심장이 주렁주렁 열리게 했던가?
바위를 허파로 만들었던가?
흰 수염 배꼽까지 늘어뜨린 신선들
이제 유리벽 속에 갇혀 있다
박제가 되어 금칠한 부처 곁에 서 있다

풀무질해주는 이 없는 바위
숨을 쉬지 않는다
복숭아나무 모두 고사한 하늘
심장이 뛰지 않는다
구름은 구름으로 흘러가고
흘러간 제비는 박 씨를 물고 돌아오지 않는다
까치는 사랑을 위해 다리를 놓아주지 않는다

사람은 땅을 닮고 땅은 하늘을 닮아
하늘과 땅과 사람 사이에는 따뜻한 피가 흘렀는데
사람과 땅과 하늘의 혈액순환을 주재하던 신선들

싸늘한 고체가 되어 갇혀 있다

이제 하늘은 하늘이고 땅은 땅일 뿐이다

사람은 그냥 사람일 뿐이다

티눈

혼자 선지 해장국을 먹다가
갑자기 허물어지는 여자
흐느끼는 검은 자루 뒤로
비죽 나온 발에 티눈이 박혀 있다

사포로 문질러도 지워지지 않는
저 옹이는 무엇일까?
밤새도록 마음을 지웠던 함박눈
발목까지 푹푹 빠지는 화장으로도 덮을 수 없는
저 그루터기는 무엇일까?

힐끔힐끔 여자의 뒤태를 퍼 먹던
사방의 숟가락들 멀뚱멀뚱해진다

겨울 새벽 다섯 시

낙엽 쓰는 청소부
낙엽 한 줌 모아 불을 피운다
몸속의 불 모두 잦아든 늙은 청소부
머리 두어 번 조아리며 담뱃불을 붙인다
쓰레기 뒤지던 고양이 하던 일 멈추고
불을 핥는 청소부를 지긋이 바라본다
정좌한 고양이 눈 속에서 불잉걸이 이글거린다
등 뒤에는 거대한 남근 같은 돌장승
부리부리한 눈알이 성난 황소 불알이다
초승달에 거세당한 낙엽 같은 청소부
힐끔힐끔 고양이 눈치를 본다
돌장승 눈치를 본다

늙은 잡부

늙은 잡부 어창(魚艙)에서 우럭을 퍼 올린다
검은 우럭 떼 몰고 다니던 생의 파도
화석이 된 파도 카인의 표적처럼 이마에 새기고
황토가 되어가는 잡부 시간을 퍼 올린다
빛바랜 석화들 암처럼 번져 있는 바닥이 보일 때까지
늙은 잡부 남은 이승을 퍼 올린다

넙치

갯벌에 붙어산다

갯벌이 살가죽이다 살가죽이 갯벌이다

싸리비 물살에 비질된 두 눈

삶은 오래전에 곁눈질이 되어버렸다

수압의 고래에 눌려 진창에 박힌 깃발

부러질 대나무 마디 하나 없는 무채색 숙명론자

그러나 배가 하얗다

고여 썩은 저수지 같은

메주만 한 망치에 찍힌 거인의 손 같은

소 발굽에 짓밟혀 깎인 주인 없는 무덤 같은

등 아래

숨어 보이지 않는 배

햇살 눈부셨던 유년의 명절에 먹던

고운 절편처럼 하얗다

초저녁마다 국밥집에 잠시 널리는 시래기들

소주 몇 잔 걸치고 느릿느릿 사라진다

부활 없는 동굴 속으로

어떤 뿌리

공사판 떠돌이 불볕에 그슬린 살갗에 툭 불거져 나온 핏줄
황하가 흐르는 핏줄 같다

광야를 기어가는 이스라엘 족속처럼
커다란 민달팽이 바위 위를 기어간다

허기진 독수리 발톱 벌어진 틈마다 파고든다
쇠 발톱으로 찍어도 찍어도 잠긴 수문 열리지 않는다

팔월 염천 가문 논바닥처럼 갈라진 살가죽 다 떨어져 나가고
가죽 벗겨진 구렁이 눈먼 발들에 밟힌다

닳고 닳아 반질반질한 문지방이 될 때까지

남근석

누군가 정성껏 빚어보다가
눈도 빚어보고 귀도 빚어보고
영혼도 빚어보고 운명도 빚어보고
팔다리도 뽑아보고 하다가
홧김에 뭉개버린 흙
멍석말이해버린 흙이 굳어 돌이 되었다가
벼락 치는 밤 강시처럼 벌떡 일어섰다
한 덩어리 포탄 한 덩어리 맹목
한 덩어리 불 한 덩어리 여름
하여 한 덩어리 죄 한 덩어리 울음
밤이면 문둥이가 되어 운다
숨어 울 보리밭도 없어 그냥 서서 운다
매미처럼 배를 짜며 운다
세상의 모든 매미 울음들
입고 온 껍질 벗어놓고 떠나는 가을
벗어 던질 속옷 한 벌 걸치지 않은
떠날 하늘도 땅속도 없는 알몸의 울음
이슬 덮는다

모순

밭에 나가 구멍 숭숭 뚫린 푸른 것들을 보니
나 또한 농약 한 방울 떨어지지 않은 것들
수없이 뜯어 먹으며 여기까지 왔구나

농약 한 방울 떨어지지 않은 것들만 뜯어 먹었는데
잎맥 속 냇물에 수달이 집을 짓고 살아가는
푸른 이파리만 뜯어 먹었는데
푸른 이파리만 뜯어 먹고 자란 암소만 잡아먹었는데

농약 치지 않은 하늘만 뜯어 먹었는데
오존층에 구멍을 내며 뜯어 먹었는데
농약 치지 않은 붉은 가슴만 뜯어 먹었는데
너를 관흉국 사람으로 만들어놓았는데

아무도 뜯어 먹지 못하는
한 덩어리 농약이 되어 있구나

민낯

복숭아처럼 주렁주렁 열려 있던
그 많던 신(神)들 모두 어디로 가버렸나
제상에 오른 돼지머리처럼 면도하고
돼지머리 표정을 짓고 있는 하늘
은하수도 계수나무도
직녀도 항아도 모두 떠나버린 허공
성대 없는 장끼 같은
성욕의 벼락 모두 거세당한 수소 같은
민낯의 하늘
신들도 휘날리던 수염들도 모두 사라진 하늘 아래
꼬리 흔들며 기어 다니는
민낯의 살덩어리들
천사가 불 칼로 지키던 성스러운 거웃 모두 밀어버린
민낯의 성기들
무지개 한 벌 걸치지 않은
민낯의 흘레들

낮술 한 바가지 부어주고 싶구나
민낯의 마음이여
마른바람이 빗질하는
붉은 사막이여

재개발

벽돌로 쌓은 공간에 민들레 홀씨 하나로 깃들여
빅뱅처럼 팽창해온 시간
때로 붉은 칸나로 피어올랐었던가
고양이 발톱이 되어 간지럼도 태웠었던가
미친년이 되어 물어뜯기도 했었던가
쇠망치로 담장에 압록강도 팠었던가
지워지지 않는 이끼로 눅눅한 섬도 몇 개 만들었던가

갑자기 밀려온 노아 적 홍수에
수많은 기억이 살던 집들 다 쓸려 가고
남은 것은 십만 대군이 싸우다 떠난 자리 같은 폐허
들러붙는 까마귀도 없는 거지 비빔밥 같은 폐허

폐허의 복판에서 집 잃은 개들이 흘레붙고 있다
똥개들의 성욕 한 그루 매화로 만개하고
눈먼 흘레가 출산하는 탯줄 갓 끊어진 시간일까
멀리서 연록 번진다

사람 냄새

돼지 떼 무덤을 파헤쳐 민둥산을 만들어놓았다
눈은 어두워도 코는 한없이 밝다는 산에 사는 돼지들
귀기 어린 달밤에 피어오르는 사람 냄새에 미친 것일까
사자가 되어 땅속 깊이 묻혀도 잦아들지 않는 냄새
생태계 최상위 포식자의 뼈 속에 각인된 냄새
식물 동물 도깨비 정령 산 바다 지구를
차례로 먹어치워 온 유전자 속에 퇴적된 냄새
비닐봉지처럼 조화처럼 썩지 않는
뱀의 혓바닥보다 더 끈적끈적한 냄새의 유혹에
코가 유일한 생각인 돼지들이 미친 것일까
사람 냄새를 마시면 사람이 된다고
눈먼 코가 믿어버린 것일까
하여 주둥이들 이브처럼 홀려버린 것일까

여름 산

툭툭 튀어 오르는 탄피들
희뿌연 살에 자상을 입히는 칼날들
돌보는 이 없는 노파의 유방을
빽빽한 거웃 같은 잔디를
이무기 허물 같은 오솔길을
대나무를 소나무를 잣나무를
절개를 세한도를 삼림욕을
모두 집어삼킨 무한 식욕 칡넝쿨들
푸른 침 질질 흘리는 거대한 도사견
물 가득 찬 몸통을 통째로 뭉쳐
환약을 만들어 먹고 싶다
혈관을 흐르는 불에 사흘 밤낮을 앓다가
벌떡 일어나 폭포를 누고 싶다
벼락을 누고 싶다
검은 비닐봉지 세 겹의 관(棺) 단칼에 찢고 나오는
감성돔 은비늘 갑옷 속에서 출렁거리는 혼
대양을 누고 싶다

참깨꽃

쑥으로 곰 털 깨끗이 털어낸 색시가 살고 있을까
연꽃에서 걸어 나온 심청이 살고 있을까
아담의 갈비뼈 갈아 빚은 백자 항아리가 살고 있을까
양치기 아벨의 젖니가 살고 있을까
물거품에서 갓 태어난 여신의 옹알이가 살고 있을까
첫새벽의 태반에서 싹 튼 해무가 살고 있을까
추석 밤이 주조한 금화가 살고 있을까
참선하는 호심(湖心)이 살고 있을까
무인도가 낳은 지아비도 없이 낳은
잔털 보송보송한 송충이가 살고 있을까
물개가 낳은 반질반질한 몽돌이 살고 있을까

장대비가 밤새워 비질한 맑은 아침
참깨꽃 환한 동굴 속으로
원자력발전소 한 채 사라진다

그냥

심장이 낡아버린 배 한 척
심장 없는 새끼 배를 끌고 갑니다
끌고 간다고 혼신으로 끌고 간다고 생색내지 않습니다
그냥 안간힘으로 끌고 갑니다
끌려간다고 팔다리가 없다고 미안해하지도 않습니다
한 상에 숟가락 올려놓고 밥 먹듯
그냥 끌려갑니다

밧줄이 팽팽합니다
우쭐대지도 풀 죽지도 않는 두 배를 묶은 밧줄이 팽팽합니다
갈매기 한 마리 앉았다가 음표처럼 튀어 오릅니다
바람이 지나가다가 두 도막이 납니다

이 팽팽함을 무어라 불러야 할까요?
사랑이라 불러야 할까요? 정이라 불러야 할까요?
본능이라 불러야 할까요? 어미라 불러야 할까요?

꼭 무슨 이름에 가두어야 직성이 풀리는 것도
병이라면 병이지요

노자(老子)에게 엉덩이 차여야 할 병이지요

두 배는 그냥 출렁거리며 갑니다
산도 출렁거리고 바다도 출렁거려
출렁거림에 올라타고 그냥 출렁거리며 갑니다

대머리 호두 같은 낱말 몇 개 주머니에 넣고 만지작거리는
사람
녹슨 부두에 못 박아놓고

사이

나의 기슭에는 버려진 그물들 구멍 난 통발들
바위 덕지덕지 석화들 시력 잃은 유리 조각들
불안이 쌓은 돌탑들 빛바랜 부표들
문드러진 폐선들 폐선의 허벅지에 박힌 대못들

왜가리 한 마리 목 길게 뽑고 바라봅니다
눈부신 역광 너머 당신의 기슭
빛의 차양에 가려진 쓸쓸하고 아픈 당신의 기슭

소유하고 싶습니다
당신과 나의 사이를
사이에 출렁거리는 푸른 물살을
물살의 힘줄에 번쩍거리는 빛 덩어리를

시월

어느 봄이었던가?

라일락 꽃잎 주워 수북이 담아두었던 진흙 컵

향기의 형체들이 모두 삭았다

불살라진 향이 남긴 재

곱게 빻은 유골 가루를 싸듯 하얀 종이에 싸

바닷가로 간다

비손이가 쌓아둔 돌탑을 지나

갓 피기 시작하는 천리향

하얀 꽃잎들 사이에 얹혀 있는 벌집을 지나

살이 낳은 꿀로

벌집 한 채 가득 채웠던 시절을 지나

석류 알 같은 시간들 모두 떨어져 나간 빈 벌집 한 채

마음 하늘에 낮달로 떠 지워지지 않던 시절을 지나

유목하는 바람 허무를 치는

시월 바닷가로 간다

서쪽 바다

푸성귀 다 걷어낸 밭
시든 성욕 같은 시래기들 몇 가닥 뒹군다
초록의 바벨탑 무너져버린 쓸쓸한 노년 같은 밭뙈기
소금 바람에 삭아 너덜해진 그물 울타리 너머

아! 서쪽 바다
기울어져 낡은 기타의 선율 같은 햇살
역광에 무리 짓는 섬들이 그려내는 두툼한 수묵화
그물이 둥글게 끌어모은 멸치 떼처럼 파닥거리는
물비늘 가르며 돌아오는 발동선
먼바다에서 발효된 그리움이 부채처럼 펼치는
물이랑에 출렁거리며 저무는 풍경

너무 눈부셔 눈 감으니
나목을 맴돌던 바람 소리 모두 지워지고
진공 같은 마음의 하얀 눈밭을 걸어오는
지나온 세월이 피워 올리는 추억의 해무 속으로
시간이 잠시 가라앉는다

갈매기 떼

배 한 척 나간다
허기진 갈매기 떼 어지럽게 쫓아간다
속이 텅 빈 철선을 쫓아가는 눈먼 갈매기 떼
이 허망한 대구(對句)가 드러내는
생의 늑골 앙상하지만
어쩌랴, 살 입고 살아야 하는 것을
눈 한 번 감았다가 다시 뜨니
출렁거리는 순간에서 순금이 번쩍거리고
마파람 찢고 몰려가는
눈부신 하얀 꽃잎들

제
3
부

순간

인기척에 놀란 고라니가
수풀을 차고 나간다

순간, 적막의 처녀막이 터진다

붉은 꽃잎들 흩어져 날린다

대나무 숲

그리스 놈 조르바가 흘려놓은 물감으로 빚은
푸른 뱀?
폭풍의 망나니 칼이 남긴 모든 자상을 꿰매줄
푸른 바늘?
쪽빛 남해 두어 동이를 벼려 만든
푸른 창?
생을 풀무질하는
몇 마디 푸른 악보?
늙어가는 사랑의 온도를 재는
첫 키스의 푸른 자?

할례 받지 않은 푸른 성기들
허공을 향해 곧추선다

칠월

시간은

엄지손가락만 한 포경(包莖) 같은 푸른 애벌레를 입고

활엽수 이파리를 기어 다닌다

시간은 이목구비 모두 메워버린 한 도막 맹목

잘린 문어 다리처럼 꿈틀거린다

발정 난 태양이 사정한

푸른 용암이 흘러 다니는 칠월의 혈관

출구가 없다

열대야

고양이들의 열애가 토해내는 면도날
등줄기 흥건한 잠을 난도질하고

이글거리는 진돗개 눈알 속 깊숙이 숨어 있는
침엽수림 빽빽한 무인도에는
우글거리는 늑대들 지랄발광을 하고

바다 건너 주저앉은 낙타 등 위에는 짓물러진 황도
끈적끈적한 단물 흘러나오고

용호농장

칡넝쿨 동물성 식욕이 삼켜버린 산
거대한 무덤 속을 도굴꾼이 들여다본다
젖은 눈으로 이름을 부른다
왕릉만 한 꽃구름 한 채 나사로처럼 일어선다
희붉은 살점들 몇 동이 뚝뚝 떨어진다
마음의 지층이 흥건해진다

늑골 드러난 앙상한 숫돌 하나
꽃구름 속으로 사라진다

추석

맷돌만 한 호박 속에
누렇게 익은 소 한 마리 다리 접고 앉아 있다
가슴 깊은 곳에 숨어 있던 어릴 적 달을 꺼내
눈 반쯤 내려 감고 되새김질하고 있다

늙은 기와집

물고기를 먹고
산 물고기를 누어 살려 보냈다는 고승처럼
길 잃고 흘러 들어온 바람 빗질해서 다시 흘려 보내는
무명옷도 한 벌 입히고 주먹밥도 챙겨서 다시 흘려 보내는
곰삭은 마음 한 채

농무(濃霧)

모든 길 삼켜버린 안개 속으로
배 지나가는 소리 들린다

신의 마른기침 소리 두 손으로 받고 있는
고대의 눈먼 예언자처럼

귀로 더듬어
한 걸음
한 걸음⋯⋯

달빛

구렁이 한 마리
잠자는 바다 위로 기어간다
살찐 송아지 한 마리 잡아먹고
진달래술 거나하게 마시고
발갛게 취해

부활을 기다리며

천제와 사통한 고대 여인의 배 속에
차오르는 커다란 알처럼
봄의 뱃가죽 한껏 부풀게 하는
축축하고 음탕한 안개 속에
누런 개가 핥아놓은 배롱나무 뼈 한 그루
녹각(鹿角)처럼 서 있다

탱고

눅눅한 안개를 홀로 켜며 걸어가는
활의 발자국 따라 걷는다
길, 누렇게 질척거린다

달팽이

집 없는 달팽이 기어간다
벌거벗은 생의 알몸 같은 그늘 한 점 없는 바위를
집 없는 달팽이 알몸으로 기어간다
흥건히 젖었다 깬 꿈의 물기도
눈 감고 잠시 깃들일 연록의 시간도 한 채 없는
집 없는 달팽이
남은 생의 즙 다 짜내 길 하나 만들며
염천지옥 기어간다

귀뚜라미

누군가 만삭의 귀뚜라미를 밟았다
배 속에서 자라던 흑진주
이슬을 별의 가루를 달의 노른자를 먹고 자란
음(音)의 태아 사산(死産)되어
고약처럼 붙어 있다

횡재수

예전에는 도통 횡재수가 없었다
고개를 들고 다녔기 때문이다
요새는 동전을 잘 줍는다
가끔 지전도 줍는다
고개를 숙이고 다니기 때문이다

아버지 되고부터
횡재수가 생겼다

저절로!

미루나무

제 마음 바닥에 펼쳐진 풀밭을 굴러다니는
발바닥에 실뿌리조차 돋아나지 않은
지리산 계곡 물 냄새 가득한
살짝 뭉치면 한 방울 이슬이 되는
박 속에 들어가면 흥부 품으로 굴러가는
알 속에 들어가면 삼국유사 속으로 굴러가는
곰이 쑥 먹는 동굴 속으로 굴러 들어가
곰이 피우던 담배도 한 대 피워보는
아이들
수없이 매달려 빛나는 한 그루 신라 금관
아! 한 그루 천국

봄동

언 땅속에서 혁명을 풀무질하는 이는 누구일까
오랏줄로 허리를 묶어도 터뜨리는 푸른 불꽃
쑤욱 나온 소의 혓바닥만 한 불꽃들의 갈피에
오두막 한 채 짓고 싶다
시들해진 사랑 데리고 들어가 꼭꼭 숨어
푸른 겨울잠 실컷 자고 싶다

새끼 섬
— 思美人 1

장자를 읽다가 잠이 들었다

굵은 뿌리 아직 내리지 않은
새끼 섬이 되었다
나침반도 지도도 없이 떠다녔다
병풍 두른 거제도 산 너머
붉게 끓는 시간을 끌고 해가 떠오르고
핏기 없는 달이 식은 구름을 밀고 가도
그냥 둥둥 떠다녔다

남해여
나의 이승과 저승을 모두 메워버린
푸르디푸른 네 살결

* 思美人 : 조선의 시인 정철은 관직에서 밀려나 전라남도 창평에서 지
  내면서, 멀리 구중궁궐에 있는 임금을 그리워하여 「사미인곡(思美人
  曲)」을 썼다. 먼 이국에서 작곡가 윤이상이 절절히 그리워한 美人은
  바로 고향 통영이었으리라.

무당
― 思美人 2

병풍에 핀 모란꽃 활짝 벌어지며
봄이 걸어 나온다

무르익은 봄을 걸치고 무당이 춤을 춘다
굿판이 살구꽃 한 그루로 피어오른다
울긋불긋한 춤에 끌려 방울 소리에 끌려
겨울 내내 바다에 누워 있던 혼이 올라온다
비틀거리는 혼은 굿판을 한 바퀴 돌며
배 속에 가득 찬 바다를 토하고
바다보다 시퍼런 이승을 다 토하고
힐끔힐끔 돌아보며 저승으로 간다
활짝 피었던 아름드리 살구꽃 한 그루
다시 잦아들고
무명 저고리들 모두 흩어지고……

숨 가쁘게 한바탕 놀던 봄은
다시 모란꽃 속으로 걸어 들어간다

눈
― 思美人 3

십 년을 살아도
아직도 낯선 나라
며칠째 내리는 눈
산이 통째로 거대한 알이 되었다

꿈의 온기가 부화시킨
하얀 알 속에는
출렁거리는 밤바다

대나무 낚싯대를 들고 가는
어린 발목이 잠기고
금모래 서너 됫박 뿌려놓은 하늘 아래
어부들의 뱃노래
수면을 할퀴는 물새의 날개가
발화시키는 시거리

연등
— 思美人 4

아이야
야생화 실에 꿰어 목에 걸고 다니는
눈이 파란 아이야
이맘때면
먼 나라 내 고향 산기슭에는
어머니 젖무덤 같은 산기슭에는
곱게 늙은 절이 꽃등을 두르고 있었단다
동무들과 손잡고
마당을 돌다가 돌다가 내려오는 밤에는
목에 걸린 환한 목걸이
두견이 붉은 울음 몇 방울 섞인
색색 꽃 환한 목걸이
오래오래 길을 밝혀주었단다

종이배
　— 思美人 5

파도를 타고 놀았다

꽃게와 장난치다가 집게손가락 물려

진달래꽃 울음 콸콸 쏟아내곤 했었다

노란 달을 오물거리며

엄마 따라 마실도 다녔다

눈알 부리부리한 메뚜기 잡으러

풀밭을 톡톡 튀어 다니다가

뒷다리 하나 없는 메뚜기가 되곤 했었다

종이배를 띄우곤 했었다

판데목 기슭에 앉아

마음을 접어 먼바다로 띄우곤 했었다

빈 배 속에는 달빛이 실리고

물개 울음소리가 실리고

숭어 떼 잠꼬대가 실리고……

오르간
 — 思美人 6

아버지의 손을 잡고 간

소학교의 오르간 속에는

뭉게구름이 살고 있었다

새벽 바다에서 피어오르는

짙은 해무가 살고 있었다

하얀 폭포가 살고 있었다

하늘로 올라가는

퍼덕거리는 은빛 농어 계단을 밟고

하늘로 올라가는

천사가 살고 있었다

아버지의 손을 잡고 간

낯선 소학교의 오르간 속에는……

장대비
― 思美人 7

밭 매는 아낙이 장대비를 맞고 있었다

그루터기 한 바지게 짊어진 아재비가 장대비를 맞고 있었다

장독대 옆 감나무가 장대비를 맞고 있었다

옹기종기 모인 섬들이 장대비를 맞고 있었다

낮잠 자는 바다가 장대비를 맞고 있었다

싸릿대 같은 빗줄기가 온 세상을 지우고 있었다

쏟아지는 폭포를 맞고 황홀하게 허물어졌다가

새로 빚어지고 싶은 철없는 청춘이

장대비를 맞고 있었다

아-派
— 思美人 8

누가 빌려주었더라?
누런 표지 속에 먼 나라 말 적혀 있던
손바닥만 한 책

표지처럼 누런 늦가을 언덕에
깃털 빠진 외딴섬 하나로 박혀
My heart leaps up when I behold a rainbow in the sky⋯⋯
큰 소리로 읽으면
아! 하고
마음속 깊은 곳에서 진군해 오던 무지개

집도 절도 나라도 없는 청춘을 데리고 바다를 건너가던
무지개 살고 있던 손바닥만 한 책
누가 빌려주었더라?

* 아-派 : "…(전략)… 모든 일인과의 타협을 절단하고, 오직 청렴한 양
심에서 살자. 이런 사람들은 더러는 양복도 입지 않고 두루마기를 휘날
리며 바닷가에 나가 항상 한탄한다. 겨드랑이에는 대개 책 한두 권을 끼
고 다닌다. 일본 '강담사'에서 발행한 세계문학전집. 워즈워드나 브라우
닝의 시 구절을 암송하고, 슈니츨러의 희곡을 탐독한다. 집에서는 끼니를
굶고, 동생들을 학교 보낼 형편이 못 되어도 그들은 결코 현실과 타협하
지 않는다. 호수같이 맑은 바다 위에 뜬 달을 보면 '아' 하고, 봄날 아지랑
이 이는 정원에서도 '아' 하고, 가을 낙엽을 밟으면서도 '아' 한다고 해서
소위 '현실파'들은 이들을 비꼬아서 '아-派'라고 불렀다. …(후략)…" 고향
통영에서의 젊은 시절을 그리워하며 쓴 윤이상의 글 「아-派」중에서.

작품해설

시원의 시간을 되살리는 야생의 삶을 향하여

이 성 혁 │ 문학평론가

1.

이중도 시인은 스물네 살의 나이에 1993년 『시와 시학』을 통해 등단했다. 하지만 첫 시집 『통영』을 발간한 것은 2013년이다. 20년 가까운 시작 활동의 공백이 있었던 것. 그는 마치 그 공백을 만회하고자 하려는 듯이 2014년에 두 번째 시집 『새벽시장』을, 2015년에 세 번째 시집 『당신을 통째로 삼킬 것입니다』를 발간하면서, 1년에 한 권씩 시집을 발간할 정도로 왕성한 창작열을 근래 보여주고 있다(이 네 번째 시집 『섬사람』 역시 작년인 2016년 말에 발간될 예정이었으나 해설자인 필자의 게으름으로 발간 일정이 2017년으로 넘어가게 되었다……). 이중도 시인과 필자와의 인연은 2016년 『시와 정신』 여름호에 그의 신작시들(이 시집에도 실려 있다)에 대한 해설인 「'독시(毒詩)'를 쓰기 위한 존재 변이의 모색」을 쓰면서

처음으로 맺어졌다. 그 인연으로 이렇게 그의 네 번째 시집인 이『섬사람』의 해설까지 쓰게 된 것인데, 방금 언급한 필자의 '신작시 해설'에는 지금까지 펴낸 이중도 시인의 세 시집의 세계에 대한 간략한 정리를 해놓은 바 있었다. 그 정리 부분을 간단히 요약하면서 이 해설을 시작하고자 한다.

첫 시집『통영』에는 21편의 통영 연작이 실려 있다. 이 연작은 통영 출생인 이중도 시인이 자신의 존재를 형성한 세계인 통영에 대한 시적 천착을 통해 시인으로서 다시 태어나고자 하는 그의 의욕을 잘 보여주고 있다. 이 시집에서 그는 자연으로부터 자신의 근원을 찾고 도시 문명의 생활로부터 생긴 마음의 성문을 부수면서 시적인 영혼으로 충전되고자 했다. 두 번째 시집『새벽시장』은 주로 시장에서 볼 수 있는 평범한 사람들의 '수평적인 삶'을 기록한다. 이 시집은 이 땅의 많은 아버지들처럼 낮게 살아가는 보통 사람들에 대한 찬가들이 실려 있다. 한편 '남쪽'으로 상징되는 유토피아적 공간에 대한 꿈이 표명된 시들이 실려 있기도 하다. 세 번째 시집『당신을 통째로 삼킬 것입니다』에서 이중도 시인은 '수평의 삶'에 대해 더욱 천착하고, 만물에 잠재되어 있는 어떤 생명력을 찾아내면서 이를 풍부한 이미지로 표현해냈다. 이 생명력을 표현하기 위해 주로 초대되는 이미지들은 싱싱한 성적 이미지가 많았는데 이러한 이미지들은 우리에게 삶의 활력 그 자체를 구체화하여 느끼게 해준다.

위에서와 같이 세 시집의 세계를 간략히 정리해보았지만, 그의 시집들은 다양한 주제와 깊이 있는 서정 세계를 보여준다. 우리가 읽고 있는『섬사람』역시 풍부하고 다양한 서정 세계를 펼쳐놓고 있는 시집이다. 그런데 이 시집에 표현되고 있는 시인의 현실 인식—인간 사회에 대한 인식—은 좀 더 암울해진 것이 아닌가 생각된다. 이 시집에서는 생명력을 잃어버린 인간 문명의 세계와 야생의 자연 세계가 날카롭게 대립되고 있으며, 야생의 세계가 지니고 있는 생명력의 특성에 대한 탐구, 나아가 그 생명력으로 충만한 야생의 삶에 대한 희구를 보여주고 있다.

2.

이 시집에서 만나게 되는 인간 세상에 대한 암울하면서도 강렬한 묘사는 이전 시집에서 그다지 볼 수 없었던 특성이다. 가령, 아래의 구절은 생명력을 잃어버리고 있는 인간 문명의 모습을 섬뜩한 이미지로 보여준다.

골다공증을 앓는 나무들
검버섯 핀 동네 목욕탕에서 걸어 나오는 노파를 닮은
느릅나무 사타구니에는 빈 새집
어금니로 씹어 단물 빨아 먹고 뱉어버린
칡뿌리 같은 빈 새집

자동차 바퀴가 밀고 간
유기견을 뜯어 먹고 있는 까마귀들
저승 옷 걸친 까마귀들

—「묵시록」 부분

153

위의 구절에서 묘사되고 있는 존재자들은 죽음과 맞닿아 있는 것처럼 보인다. 나무는 "골다공증을 앓"고 있으며, 죽음의 도래를 예감케 하는 기호인 '검버섯'까지 피어 있는 모습이다. 단물이 다 빨려 "칡뿌리 같"이 된 '새집'은 비어 있다(이 '새집'에서 우리는 생명을 잉태할 수 없게 된 자궁을 유추할 수 있다). 저 나무가 도시 문명에서 살아가는 나무임은, 다음 연의 자동차에 깔려 죽은 유기견의 사체를 "저승 옷 걸친 까마귀들"이 뜯어 먹고 있는 섬뜩한 이미지를 통해 능히 짐작할 수 있다. 저 섬뜩한 유기견의 이미지 자체가 뿌리 뽑히고 폭력에 노출된 도시인의 삶을 상징한다. 시인은 나무, 새집, 유기견의 사체, 까마귀 등의 이미지 군에서 파국을 예언하는 '묵시록'을 읽어낸다. 파국을 가리키는 이러한 이미지들은 이 시집에서 자주 만나볼 수 있는데, 가령 "내장 다 들어낸 아귀들 턱 빠진 건조대에 누워/일광욕하는 낯선 부둣가"('낯선 부둣가」)와 같은 구절이 그렇다. 이렇듯 시인에게 눈앞에 펼쳐지는 풍경은 죽어가고 있는 낯선 모습으로 현상되는데, 아래의 시는 그렇게 낯설어지는 마을 풍경에 대한 거침없고 강렬한 묘사를 보여준다. 그리고 이 묘사에는 어떤 분노가 서려 있다.

온갖 비린내들의 만국박람회
기름 번진 물 위를
머리를 내민 물개처럼 떠다니는 검은 비닐봉지들
뒤섞인 언어들
김치 먹고 자란 언어들
망고 먹고 야자 먹고 자란 언어들

대낮부터 갈보처럼 다리 벌린 주점의 컴컴한 동굴 속에서
낮술 바가지에 취한 언어들
애비도 에미도 모르는 언어들
먼바다 지나가는 태풍의 헛기침 소리에
뼈마디 삐걱거리는 철선들
군데군데 껍질 벗겨진 철선의 내장 속에서
윗도리 벗고 잡어를 썰고 있는 동남아 사내
회칼보다 정글도가 익숙한 시커먼 손
철장에 갇힌 원숭이 같은 눈망울
갑판 천막 아래
모치 같은 사투리 툭툭 튀어 다니는
화투판 모퉁이에 쪼그리고 앉아 있는
커피 배달 온 여자의 허연 허벅지

한 줌 뜯어 질근질근 씹으면서 걷는다
오래전에 죽은 고등어 배 속을
고린내 핥으며 기어 다니는 희멀건 구더기처럼

천국도 지옥도 없는
두운(頭韻)도 각운(脚韻)도 없는
기승전결 따위 아예 없는
무심한 허공에서 던져진 생들
한 덩어리 몸통만으로 퍼덕거리는
늙은 포구

—「정량동 포구」전문

저 "늙은 포구"는 이제 부패할 대로 부패해져서 낯선 마을

이 되었다. 저 마을에서의 삶은, '비린내들'로 가득 찬 포구를 둘러싸고 있는 "애비도 에미도 모르는 언어들"처럼, "기승전결 따위 아예 없"이 "무심한 허공에서 던져진" "한 덩어리 몸통"과 같은 것이 되었다. 이러한 부패는 마을이 생명의 끈을 잃어버렸기 때문이다. 저 '국제화'된 포구는 모어를 저버리면서 그 생명의 끈이 끊어져버린 것이다(이중도 시인은 모국어를 통해 문화의 생명이 이어질 수 있다고 생각하는 것 같다). 그리하여 생명력을 주입받을 수 없게 된 마을 공간은 '고린내' 풍기는 "오래전에 죽은 고등어 배 속"과 같다. 시인은 이 "고등어 배 속"—마을의 내장—을 "희멀건 구더기처럼" "기어 다니는" 산책자다. 이 산책자가 거닐다가 머무는 공간은 "대낮부터 갈보처럼 다리 벌린 주점의 컴컴한 동굴"이다. 산책자로서의 그가 발견하는 것은 늙고 병들었으며 부패해가는 삶의 기호들, 죽음으로 향하는 삶의 기호들뿐이다. 이 부패해가기만 하는 마을의 '내장'에서, 시인은 산책자로서의 자신을 그 부패를 핥으면서 살아가는 구더기에 불과하다고 시니컬하게 비하한다.

하지만 "한 줌 뜯어 질근질근 씹으면서 걷는다"라는 표현에서 볼 수 있듯이, 시인은 어떤 분노를 품고 이 '내장' 속에 널린 죽음의 기호들을 관찰하고 감지하여 들추어내겠다는 의지를 표명하기도 한다. 시인의 그 분노와 의지 덕분에, 위의 시는 거침없는 어조와 강렬한 이미지를 뿜어내게 되었을 것이다. 시인이 분노의 마음을 품게 된 것은 이유가 있다. 저 마을이 저절로 부패해가면서 마을 사람들의 삶이 저물어가는 것이라면 시인은 쓸쓸한 마음을 가지게 되었을 테다. 하지만, 저 마을이 생명력을 잃어버리게 된 데에는 어떤 인위적인 침탈이 있었기 때문이어서, 시인은 분노를 품게 되는 것이다. 그 침탈자란 "육지를 집어삼키고/아득한 철탑에서 뻗어 나가는 전선을 따라/바다를 건너가는 자본들"(「시골 버스」)이다. 저 '정량동 포구'의 "철선의 내장 속에서" "회칼보다 정글도가 익숙한 시커먼 손"을 가진 '동남아 사내'들이 "잡어를 썰고 있"어야 하는 것 역시 신자유주의 자본이 좀 더 값싼 노동력을 얻기 위해 그들을 꾀어 이곳으로 유인했기 때문이다. 이들은 "철창에 갇힌 원숭이"처럼 일해야 한다.

나아가 자본의 침탈이 특정 장소를 어떻게 파괴하는지 전형적으로 보여주는 사례가 재개발 사업일 터, 재개발로 파괴된 마을을 시인은 다음과 같이 묘사한다.

> 갑자기 밀려온 노아 적 홍수에
> 수많은 기억이 살던 집들 다 쓸려 가고
> 남은 것은 십만 대군이 싸우다 떠난 자리 같은 폐허
> 들러붙는 까마귀도 없는 거지 비빔밥 같은 폐허
>
> 폐허의 복판에서 집 잃은 개들이 흘레붙고 있다
> 똥개들의 성욕 한 그루 매화로 만개하고
> 눈먼 흘레가 출산하는 탯줄 갓 끊어진 시간일까
> 멀리서 연록 번진다
>
> ──「재개발」 부분

자본의 침탈은 마치 "노아 적 홍수"처럼 "수많은 기억이 살던 집들"을 다 쓸어내버린다. 이 마을은 "거지 비빔밥 같은 폐허"로, 오직 "집 잃은 개들이 흘레붙고 있"는 공간으로 변모했

다. 삶의 의미는 끊어졌으며 삶에는 오직 생존과 성욕만이 남았다. 이 역시 자본에 의해 내쫓기고 뿌리 뽑힌 현대인의 삶을 상징한다고 할 것이다. 흘레붙는 것만이 삶을 살아가게 하는 세상은 "탯줄 갓 끊어진 시간"만을 생산한다. 삶의 의미와 생명력은 다음 세대에게 전달되지 못한다. 생명력을 전달하지 못하는 세계는 결국 폐허가 된다.

생명력을 잃어버린 세계는 마치 죽음을 앞둔 노파의 모습처럼 보이기도 한다. "닳은 바위처럼 웅크린 원숭이가 되어/차가운 섬이 되어/시래기 어지러운 밭 한가운데 박혀 있"(「노파」)는 모습. 시인이 조명하는 노파의 이러한 모습은 폐허가 되어가는 저 세계의 형상과 공명한다. 하지만 시인이 비판하고 있는 저 자본이 지배하는 세계와 노파를 동일시할 수는 없다. 시인은 노파에게 비판적인 시선을 던지기보다는 깊은 연민으로 그녀의 삶을 이해하고자 하는 눈길을 보내고 있기 때문이다. 시인의 눈에 비친 노파는 "제 속에서 쏟아져 나온 지아비 새끼/다 쓸어버리고 남은 허연 살/곪은 이승의 내장 다 들어낸 텅 빈 자루"(「대구」)의 모습이다. 모든 것을 '지아비'와 '새끼'에게 다 내어주고 내장도 다 들어내어져 "허연 살"밖에 안 남은 "텅 빈 자루"와 같은 삶.

저 노파의 모습은 자본에 의해 훼손된 '어머니-대지'의 이미지라고도 말할 수 있을 것이다. '어머니-대지'는 모든 것을 자본 문명에게 내어주고 "텅 빈 자루"처럼 된 노파의 모습을 하게 되었다고 말이다. 그런데 시인에 따르면, 대지의 자식들은 여전히 이 늙은 '어머니-대지'에 매달리며 살고 있는 것이다.

자궁을 떠나지 않는 늙은 새끼들 품고
　　재래시장 구석에 말뚝 박힌 여자
　　폐경기 오래전에 지난 여자의 목을
　　탯줄들이 친친 감고 있다

─「염소」 부분

　"재래시장 구석에 말뚝 박힌" 저 '여자'는 폐경기가 오래전에 끝나 새 생명을 잉태할 수 없는 자궁을 가지고 있지만, 늙어버린 '새끼들'은 여전히 저 "여자의 목을" 탯줄로 "친친 감"은 채 "자궁을 떠나지 않"고 있다. 아마도 노파일 저 여자는 그 "늙은 새끼들"을 내치지 못한다. 폐경을 맞은 지 오래일지라도, 여전히 이 노파는 저 탯줄을 통해 새끼들에게 양분을 쥐어짜서 전해주고 있을 것이다. 그렇다면 죽음을 앞두고 생명력을 잃어가고 있는 저 노파는, 반대로 뭇 생명이 지속될 수 있도록 도와주는 희망의 존재이기도 한 것이다. 이렇게 노파의 존재는 변증법적으로 전환되는데, 그 전환이 가능한 것은 자신의 삶을 다 내어버리고 삭아가는 노파가 죽음을 맞이하기 직전까지도 자식들을 품는 어머니의 존재임을 잃어버리지 않기 때문이다. 노파는 여전히 어머니이기 때문에 "늙은 새끼들"을 품 안에 품는다. '노파─어머니'는 '새끼들'의 삶을 살리면서 자신은 죽어가는 존재이다.

　　그래서 노파의 삶은 "남은 생의 즙 다 짜내 길 하나 만들며/염천지옥 기어"가는 "집 없는 달팽이"(「달팽이」)의 삶과 같다고 말할 수 있다. 달팽이는 집을 따로 가지지 않는다. 자기 자신의 몸을 집으로 삼는다. 결국 말뚝 박혀 살게 되어버린 「염소」의 저 여자 역시 그동안 자신의 몸을 집으로 삼아 살아왔을 것이며, 지금도 역시 집은 자신의 몸뿐일 것이다. 그녀의 삶 역시 '염천지옥'을 기어 다니는 달팽이처럼 험난하였을 것이겠지만, 자신의 삶을 '즙'까지 모두 짜내어 내어주면서 늙어간 '어머니-달팽이'는 길을 만들어낸다. 그 길이 바로 '늙은 새끼들'에게 탯줄을 제공하는 것일 터, 어머니가 만들어준 길이 "늙은 새끼들"에게 살아갈 수 있는 토양을 마련한다.

이렇듯 '어머니-노파'는 자신의 생명력을 소진함을 통해 후세에게 생명력을 전달한다. 하여, 이중도 시인에게 노쇠함은 소멸이 아니라 생성의 가능성을 타자에게 형성해주는 변증법적인 의미를 갖게 되는 것이다. 그래서 "아득한 철탑에서 뻗어 나가는 전선을 따라/바다를 건너가는" "늘 공복(空腹)인 자본들"이 "육지를 집어삼"키는 시대에, "조개 문어를 다라이에 들고" "몸뻬에 밴 갯냄새"를 풍기면서 버스에 탄 할머니로 인한 냄새가 "말라 금 간 마음 바닥 깊숙이 파고들어/숨어 있던 푸른 가재들 기어 나"(「시골 버스」)오게 만들 수 있다. 즉 저 "늙은 버스의 영혼이 되어버린" "오래 퇴적되어 숙성된 냄새"가, "무주공산을 통째로 삼키는 칡넝쿨 파도"(같은 시) 같은 자본에 여전히 먹히지 않는 영역을 형성한다. 냄새라는 감각으로 보존되는 저 오래된 영역으로부터 자본에 의해 죽임을 당하는 대지가 소생할 수 있는 바탕—"푸른 가재들"이 기어 나오는 곳인—이 마련될 수 있으리라고 시인은 생각한다. 하여, 시인은 지금은 사라지고 있으나 어딘가에 숨어 있는 저 오래된 것들을 되살리고자 한다.

3.

이중도 시인은 「늙은 잡부」라는 시에서 "늙은 잡부"가 "어창 (魚艙)에서 우럭을 퍼 올"리는 모습에서 "황토가 되어가는 잡 부"나 "남은 이승"―'시간'―을 퍼 올리는 이미지를 끌어낸다. 이는 시인이 그 잡부의 모습에서 죽음을 기다리는 형상을 투 시하는 동시에 그 죽음으로 가는 과정이란 결국 후세가 거주 할 토양인 흙으로 돌아간다는 의미를 포착하고 있음을 말해 준다. 저 잡부의 형상은 "논배미만 한 뗏목의 심장에 꽂혀 있 는/녹슨 칼 한 자루"의 이미지와 연결되는데, 이 칼은 "앙상 한 달의 뼈대마저 허물어져/한 줌 흙이"(「녹슨 칼」) 되기를 기 다리고 있다. 그리고 이 '녹슨 칼'은 "녹각(鹿角)처럼 서 있"는 "누런 개가 핥아놓은 배롱나무 뼈 한 그루"(「부활을 기다리며」) 라는 이미지로도 전환된다. 살이 삭아 뼈만 남은 이 나무는 시의 제목에 암시되어 있듯이 "부활을 기다리"고 있다. 그 나 무 역시 잡부나 녹슨 칼처럼 흙이 됨으로써 그 부활은 이루어 질 수 있을 터, 왜냐하면 흙이야말로 뭇 생명의 고향인 '자궁' 이라고 할 수 있기 때문이다.

어릴 적 뒹굴던 과원(果園)이
내게 남긴 유일한 유산인 흙냄새
모든 것의 자궁이면서도
제 것 하나 없는 해탈인 흙이
후광처럼 두르고 다니던 냄새로
작은 섬 하나 짓고 싶어졌습니다

당신이 깊이 뿌리 내리고
푸르게 타오르는 물 한 그루로 서 있을

———「흙냄새」 부분

이중도 시인에게 흙은 "모든 것의 자궁이면서도/제 것 하나 없는 해탈"이다. 모든 씨앗들은 흙 속에서 자라면서 자신의 삶이 가진 가능성을 현실화하기 때문에 흙을 자궁이라고 지칭하는 것은 무리가 아니다. 또한 모든 삶은 자신의 생명이 다 하면 "제 것 하나 없"이 빈 몸으로 흙 속에 묻혀 흙이 되어가는 것이다. 그래서 흙은 삶과 죽음을 모두 품고 있는 것이다. 그런데 시인에 따르면, 흙은 흙냄새를 "후광처럼 두르고 다"녔다고 하며, 이 흙냄새가 시인의 "어릴 적 뒹굴던 과원(果園)이/내게 남긴 유일한 유산"이라고 한다. 이를 보면 흙냄새는 시인이 어렸을 적 삶의 근본 문제에 눈뜨게 했던 것일지도 모른다. 하지만 현대는 이러한 흙냄새를 지워버리는 시대다. 그가 '흙냄새'에 대한 기억을 유일한 유산이라고 말한 것은 현대 세계에 휩쓸리지 않고 살아갈 수 있는 힘을 그 기억이 주고 있기 때문일 것이다(다른 시에서 시인은 그 기억이 "흑진주로 뭉쳐 있"으며 "잔잔한 수면에 떠오르는 붉은 꽃잎들"(「해 저 터널에서」)처럼 현재화된다고 말하고 있다). 그래서인지 시인은 모든 존재의 모태이자 죽음에 도달한 삶이 돌아갈 장소인 흙이 세계의 원초적이고 근본적인 터전이었던 시대에 대한 동경을 다음과 같이 표명하기도 한다.

이름 없는 꽃을 뜯어 먹는 사람들

모두 이름이 없었지요
흙에 뿌리 내리고 나무처럼 살았지요
달빛 은은히 부서지는 물 같은 마음으로 살다가
바람에 실려 갔지요
실려 간 사람들 가끔씩 박 바가지만 한 별이 되어
서쪽 하늘에 떠올랐지요

사람에게는 이름이 없었지만
소에게는 이름이 있었지요
자도 있었고 호도 있었지요

바위 속에는 피가 흘렀지요
산이 한 덩어리 살이었지요
살 속에서 산의 영혼이 밤마다 소쩍소쩍 울었지요

신화의 시간!

흙을 밀어제치고 불쑥 튀어나와 놀라게 하는 대나무 뿌
리처럼
마음의 지층 어딘가에 푸른 마그마로 살아 있는 섬

그 섬의 배 속에서 흘러나오는 길 따라
당신과 걷고 싶은 봄입니다
                              ―「신화의 시간」 부분

이중도 시인이 상상하는 "신화의 시간"이란 무엇인가? "사
람에게는 이름이 없었지만/소에게는 이름이 있었"던 시간,

"바위 속에는 피가" 흐르고 "산이 한 덩어리 살이었"던 시간이
다. 신화에서는 신과 동물들이 주인공으로 등장하며 사람들
은 이름 없이 '나무처럼' 존재한다. 신화의 시대라고 할 수 있
는 토테미즘 사회—동물을 섬겼던—를 생각하면 이는 과장
이 아니다. 이 사회에서 사람들은 '흙'에 자신의 삶을 뿌리박
고 "물 같은 마음으로 살"았다. 흙으로 상징되는 자연의 세계
와 사람들의 삶은 분리되지 않았다. 어떤 소외가 생기지 않았
다. 사람들의 삶과 자연은 한 덩어리였고 죽음마저도 자연의
순환과 함께했다. 사람들의 죽음은 "바람에 실려" 가는 것이었
으며, 그렇게 실려 간 어떤 이는 "박 바가지만 한 별이 되어/
서쪽 하늘에 떠올랐"다. 그이는 밤하늘을 비추는 빛나는 별이
되어 이 현세의 밤을 비추는 존재가 된 것이다.

저 신화의 시간에는 자연 자체, 대지 자체가 동물의 "살아
있는" 활력을 가지고 있었다. 대지는 피와 살을 가진 존재였
다. "바위 속에는 피가 흘렀"으며, "산이 한 덩어리 살이었"던
것이다(우리는 화산 폭발에서 대지의 무서우리만치 커다란 활
력을 볼 수 있다. 붉은 용암은 대지 속에 흐르고 있었던 피의
분출처럼 보인다). 신화 시대에서 사람들은 이렇게 살과 피를
가진 대지를 존중하고 경배했을 터이다. 물론 알다시피 자본
이 지배하고 있는 우리 시대에는 이러한 대지의 이미지는 사
라지고 대지는 이익을 위해 착취하는 대상이 되어버렸다. 하
지만 시인은 자신의 "마음의 지층 어딘가에" 신화의 시간이
마치 흙냄새처럼 보존되어 있다고 생각한다. "푸른 마그마로
살아 있는 섬"의 형상으로서 말이다. 여기서 '섬'의 이미지와
우리는 만나게 되는데, 이 '섬'은 이 시집 전체에 걸쳐 나타나

는 상징이다.

이 시집에서 섬은 다양하게 상징화된다. 위의 시에서 '섬'은 시인의 마음속 어딘가에 잠재되어 있었던 신화 시대의 대지 —피와 살로 이루어진—가 현실화된 모습으로 나타난다. 섬은 "흙을 밀어제치고 불쑥 튀어나"온 "대나무 뿌리처럼" 불쑥 우리의 마음에 나타난다. 섬은 자연이 살아 있는 대상으로 존중되었으며 사람이 자연과 소외되지 않았던 그 신화의 시간의 부활을 상징하는 형상이다. 소생의 계절, '봄'을 맞이하여, 시인은 저 "살아 있는 섬"을 통해 부활하기 시작한 신화의 시간이 길을 만들어낼 것이며 그 길에서 "당신과 걷고 싶"다고 희망한다. 이 길에 대해 시인은 다른 시에서 "당신과 나의 사이"에 "출렁거리는 푸른 물살"이라고 달리 표현하기도 하는데, 그는 이 "물살의 힘줄에 번쩍거리는 빛 덩어리를" "소유하고 싶"(「사이」)다고 희원한다. 당신과 나를 이어줄 그 푸른 물살의 길은 번쩍거리는 빛살을 힘줄로 가지고 있다는 것, 이 힘줄을 소유하게 될 때 삶은 다시 생명력으로 충만해질 수 있을 것이다.

그렇다면 이 시집에 빈번하게 등장하는 '당신'은 누구인가? '사미인' 연작에서 볼 수 있듯이 '미인'일 것이다. 알다시피 정철의 「사미인곡」에서의 미인은 유배 때문에 보지 못하게 된 임금을 가리킨다. 이중도 시인에게도 미인, '당신'과 '나'는 지금 헤어져 있는 상태다. 그래서 그는 미인을 '생각'한다. 그런데 시인에게 그 '미인'은 '흙냄새'처럼 시인의 기억 속에 존재하는 무엇이어서 '당신'은 꼭 특정 인물이라고 할 수는 없다. 미인은 청춘 시절 워즈워드의 시를 읽으면서 겪을 수 있었던, "마음속 깊은 곳에서 진군해 오던 무지개"(「아—派—思美人 8」)와 같은 정동(affect)적인 체험을 가리킬 수도 있다(아니면 자신에게 워즈워드의 시집을 빌려줘서 그 체험을 가능하게 해주었던 누구일 수도 있다). 요컨대 '미인—당신'은 시인이 다시 만나길(체험하길) 고대하는, 기억 속에 존재하는 무엇이다. 그래서 시인은 다음과 같이 회감(回感)에 사로잡히곤 하는 것이다.

> 먼바다에서 발효된 그리움이 부채처럼 펼치는
> 물이랑에 출렁거리며 저무는 풍경
>
> 너무 눈부셔 눈 감으니
> 나목을 맴돌던 바람 소리 모두 지워지고
> 진공 같은 마음의 하얀 눈밭을 걸어오는
> 지나온 세월이 피워 올리는 추억의 해무 속으로
> 시간이 잠시 가라앉는다
>
> ─「서쪽 바다」 부분

시인은 서쪽 바다에서 해 저무는 풍경을 보면서 "부채처럼 펼"쳐지는 그리움에 사로잡는다. 저 풍경이 펼쳐 보이는 그리움은 너무나 눈부시기에, 시인은 눈 감을 수밖에 없다. 눈을 감았을 때 추억은 "마음의 하얀 눈밭을" '해무'처럼 아련하게 걸어온다. 이 과정에서 부유하며 흘러가는 시간이 "잠시 가라앉"으며, "바람 소리 모두 지워"진다. 서쪽 바다의 일몰은 이중도 시인을 이렇듯 추억에 사로잡히게 만드는데, '미인'과 함께 했을 그 추억은 "하얀 눈밭"처럼 마음을 순수하게 되돌려놓는다.

서해가 시간의 흐름을 멈추고 마음을 정화하는 추억을 불러일으키는 공간이면, 남해는 이중도 시인에게 꿈을 불러일으키는 공간이다. 시인은 남해에 대해 "나의 이승과 저승을 모두 메워버린/푸르디푸른 네 살결"(「새끼 섬―思美人 1」)이라고 말한다. 이 글이 앞에서 분석한 바에 따르면, 흙 역시 이승과 저승이 함께 공존하는 장소였다. 이를 볼 때, 시인의 이미지 사유에서 저 남해와 흙은 존재론적으로 공명한다. '신화의 시간'에서 '흙―대지'는 살과 피를 가진 살아 있는 존재였는데, 이와 공명하는 "푸르디푸른" 살결을 가진 바다는 바로 푸른 피가 도는 살결을 가진 대지의 모습이라고도 할 수 있을 것이다. 시인은 이 남해에서 자신이 "굵은 뿌리 아직 내리지 않은/새끼 섬이 되"어 "나침반도 지도도 없이 떠다"(「새끼 섬―思美人 1」)니는 꿈을 꾼다. 이 꿈이 무의식적 기억이 현현한 것이라면, 그 기억은 생생히 살아 있는 '바다―대지'를 떠다녔던 어린 시절―뿌리 아직 내리지 않은 시절―과 관련된다. '새끼 섬'은 "푸른 마그마로 살아 있"(「신화의 시간」)었던 시인 자신을 가리킬 터, 어린 시절 당시 시인은, 그만큼 생명력으로 충만해 있었을 것이다.

이 생명력은 살아 있는 '바다―대지'와 유리되지 않았기 때문에 솟아나올 수 있었던 것, 시인은 어린 시절 갖고 있었던 생명력을 다시 찾기 위하여 훼손된 대지가 야생의 생명으로 되살아나기를 기원한다. 그래서 그는 흙에다 대고 "울어라/흙이여" "먼 조상의 우렛소리를 흉내 내며/목이 터지도록"(「닭울음소리」)이라고 말하는 것이다. 그리하여 "할례 받지 않은 푸른 성기들/허공을 향해 곧추"(「대나무 숲」)서듯이, "흙을 밀어제치고 불쑥 튀어나와 놀라게 하는 대나무 뿌리"(「신화의 시간」)처럼 생명으로 충만한 섬이 시인 내면으로부터 솟아나기를 희망하는 것이다.

4.

이중도 시인은 어린 시절 체험했던 생명으로 충만한 삶, 순수한 삶이 소생하기를 희구한다. 이 삶을 '야생의 삶'이라고도 말할 수 있을 것이다. 이 '야생의 삶'은 살아 있는 '대지-바다'에 젖줄을 대고 있는 단독자로서의 삶이다. 그래서 그는 이 삶을 '섬'으로 상징화한다. 그런데 자연으로서의 삶, 야생의 삶 자체를 살아나가고 있는 사람, 그 자신이 섬 자체인 사람이 있다. 「섬사람」에서 조명하고 있는 어떤 늙은 '섬사람'이 그러한 사람이다. 아마도 시인과 함께 술을 마시고 있는 그는 자연의 알몸과 섞일 수 있는 인간이다.[*]

> 그 앞에서 바다는 늘 알몸이 된다
>
> 파도의 성감대 바람의 성감대
> 구름의 성감대 감성돔의 성감대
> 매 눈처럼 훤하다
>
> 몽골까지 뒤졌지만 색시는 낚지 못했다
> 손톱이 다 닳은 인어가 밥상을 차린다

---

[*] 이하 이 4장은 글의 서두에서 언급한 이중도 시인의 신작시에 대한 필자의 평론 「독시(毒詩)'를 쓰기 위한 존재 변이의 모색」을 원용하여 작성했다.

타제석기다
간 흔적이 없다

한 마리 무인도다
문자가 발가락도 디디지 못했다
야생 염소 떼 발자국만 총총하다

술상에 앉으면 갯벌이 된다
무릎까지 푹푹 빠지며 그의 갯벌을 다 걸어야
탁주가 손을 놓아준다

눈썹은 거친 목탄
눈 감고 늙은 고물에 앉아
썰물에 그려보는 자화상

무채색 생이 물살에 일그러진다

—「섬사람」전문

　"그 앞에서 바다는 늘 알몸이 된다"는 것을 보면, 바다와 그 섬사람은 마치 연인처럼 보인다. 자연의 연인으로서, 그는 "파도의 성감대 바람의 성감대/구름의 성감대 감성돔의 성감대"에 대해 "매 눈처럼 흰"한 눈을 가지고 있다. 하지만 그는 인간 연인은 가질 수 없는, 가난한 사람이다. "몽골까지 뒤졌지만 색시는 낚지 못했다"는 것을 보면 말이다. 바다의 사랑을 받고 바다를 사랑할 줄 아는 그를 인간 사회는 이해하지도 인정하지도 않았던 것이다. 다만, 의인화된 바다라고 할 '인어가 밥상을 차려주러 왔다고 한다("손톱이 다 닳은" 것을 보면 그 기간이 얼마나 길었는지 알 수 있다). 시인은 그렇게 사람이 아니라 자연과만 사랑해온 '섬사람'을 타제석기로 비유한다. 즉 그는 자연스럽게 뭉툭해진 사람이지 날카로워지기 위해 인공적으로 자신의 날을 간 사람이 아니다. 이 비인공적인 타제석기는 5연에서 "한 마리 무인도"라는 이미지로 전화되는데, 그 이미지는 그가 야생적이면서 고독한 존재자임을 압축하여 드러내준다. "문자가 발가락도 디디지 못"한, 오직 "야생 염소 떼 발자국만 총총"한 무인도로서의 그는 인간 사회로부터 동떨어져 야생적인 자연만을 삶에 받아들이며 살고 있다.

그 '섬-사람'과 마주 앉아 술을 마시고 있는 시인에게, 무인도와 같은 그는 자신의 몸 끝자락인 갯벌을 내어준다. 시인은 이 갯벌을 다 걸어야지 술잔을 내려놓을 수 있다. 이 '섬-사람'과 술을 마시면서, 시인은 그의 무인도로서의 삶 안쪽에 발을 디디고 걸어 다님으로써 좀 더 깊이 그의 존재 속으로 들어갈 수 있었다. 하여, 시의 후반부가 보여주는 그의 '자화상'을 시인은 볼 수 있었을 테다. "늙은 고물에 앉아/썰물에 그려보는" 그의 자화상은 붓으로 그려지지 않는다. 그의 삶이 그랬듯이 검은 목탄으로 거칠게 그려진다. 또한 목탄으로 그려지는 자화상이 채색될 리는 없다. 이 자화상은 "물살에 일그러"지는 '무채색 생'을 드러낸다. 바다와 바람, 구름과 애무할 수 있는 이 섬사람은 이 인간 세계의 물살에서는 일그러진 삶을 살 수밖에 없었을 것이다. 위의 시가 이렇게 비극적인 톤으로 끝을 맺고 있는 것은, '섬사람'이 자연과 가장 가까운 존재였음에도 불구하고, 아니 그러한 존재였기 때문에 이 인간 사회에서 살아가는 그의 삶은 비극적일 수밖에 없었기 때문일 것이다.

　그러나 시인은 이 '섬─사람'의 내면에 발을 들여놓으면서 그가 희구하고 있었던 '야생'의 삶, 즉 '섬'의 삶을 발견하고 그려낼 수 있는 길을 발견했을 것이다. 시인 내면 어딘가에 존재하고 있는 마그마가 흐르는 섬과 저 '섬─사람'은 야생으로 공명한다. 이 '야생'의 속성을 이미지화한 시가 「야생」이다. 그것은 "사람 소리 없는 길 끝에" 살며, "사람 냄새 다가오면 길의 끝/더 깊숙이 어둠 속으로 숨는" 무엇이다. "이글거리는 불속에 사는 마음"을 가진 그것은 "사람이 피운 불에 그슬린 적이 없"으며, 사람으로부터 "숨다가 숨다가 절벽을 만나면/폭포처럼 투신"하여 "차라리 산산이 부서질 뿐" "사람의 품으로 역류하지 않는" 결기를 그 속성으로 삼는다. 시인은 이 야생의 결기를 "뻣센 털 수북한 길의 갈기"라면서 이미지화하고, 야생을 어떤 '길' 위에 있는 어떤 동물적 존재를 통해 표현한다. 그는 "길 끝"의 "외딴섬에" 사는 그것─야생─을 "긴 혓바닥 뻗어 밤하늘에 뿌려진/얼음 파편을 쓸어 먹고" 사는 파충류 동물의 모습으로 그리는 것이다.

　파충류 중에서 가장 사납고 '야생'적이라고 할 동물이 '독사'이다. 「독사」는 '독사'의 존재성을 밝히는 시다. 인간주의적인 시선은 독사를 독을 가진 위험한 동물로 취급하겠지만, 그러한 시선에서 벗어나서 볼 때 독사의 독은 어떤 고고한 야생적 정신의 산물이다. 독은 "독사의 혼"인 것이다. 그것은 "어설픈 어둠 속에" 생기지 않는다. 「독사」의 마지막 연에서 시인이 말하는 바에 따르면, "면벽에 몰입하는 고승처럼/태고의 어둠 속에 똬리 틀고 앉"아 있을 때 비로소 뱀의 이빨에는 "푸른 독이 고"인다. 뱀이 이렇게 독사가 되기까지의 과정에 대해, 시인은 2연에서 다음과 같이 말하고 있다.

> 사료 부스러기에 길든 금붕어 떼
> 꼬리 흔들고 다니는 뿌연 연못 같은 어둠이 싫어
> 구더기 끓기 시작하는 미지근한 어둠 뒤에 두고
> 도깨비가 빛에 쫓겨 떠나듯 떠났다
> 사람의 지문이 간음하지 않은 어둠을 찾아
> 돋을새김된 별자리 이글거리는
> 밤의 동정(童貞)을 찾아
> 황금을 찾아 서부로 가는 마차처럼 물 위를 기어
> 시원에서 불어오는 매운바람
> 산발한 시금치에 설탕 고이게 하는 외딴섬
> 동백나무 후박나무 신우대 첩첩 울타리 두른
> 깊은 숲 속으로 떠나왔다
>
> ─「독사」 부분

독사가 될 저 뱀은 길들여지는 것을 극도로 싫어하는 야생성을 가지고 있었던 것, 그래서 "사료 부스러기에 길든 금붕어 떼/꼬리 흔들고 다니는 뿌연 연못 같은" "미지근한 어둠"을 견딜 수 없어서 "도깨비가 빛에 쫓겨 떠나듯 떠났"던 것이다. 뱀에게 그 미지근한 어둠의 세계는 이미 "사람의 지문이 간음"하여 "구더기 끓기 시작하는" 어둠이었지 절대적인 어둠이 아니었던 것, 부패와 굴욕, 타협과 혼탁을 싫어하는 뱀은 "황금을 찾아 서부로" 떠났던 사람들처럼 "밤의 동정(童貞)을 찾아" 떠나야만 했다는 것이다. 뱀은 그 밤의 동정을 어떻게 찾을 수 있었는가? "시원에서 불어오는 매운바람"을 감지할 수 있는 감각을 통해 찾을 수 있었다. 그 시원은 '외딴섬'의 "동백나무 후박나무 신우대 첩첩 울타리 두른/깊은 숲 속"에 있다. 그 시원에 바로 절대적인 어둠, '태고의 어둠'이 존재한다는 것을 바람을 통해 감지한 뱀은 그곳으로까지 가서 똬리를 틀어 푸른 독을 이빨 안에 고일 수 있었던 것이다. 고독한 외딴섬으로 들어가서 독을 키우는 독사. 이 독사야말로 '섬'으로서의 '야생의 삶'을 체화한 상징이다.

시인은 이 독사를 시적 대상으로 삼아 그 삶을 이미지화하면서 자신의 희원을 투사했을 것이다. "마름질하지 않은 통나무 같은/길들지 않는 갈기 같은/섬 한 채"("시골집")인 외딴섬으로 존재하면서 자연과 융합된 삶을 되살리고, 시원과 감각적으로 접속하면서 '시'라는 '독'을 마음에 고여내는 야생의 삶. 그렇게 푸른 독처럼 고인 시는, 삶을 길들이고 굴욕에 빠뜨리는 현대의 세상에 대항할 수 있는 치명적인 독성을 퍼뜨릴 수 있을 것이라고 시인은 생각했을 것이다. 이 시는 고독을 감내하면서 똬리를 틀고 독의 말이 고이길 기다리며 자신과 세계에 깊이 '몰입'할 때 생성된다. 그러한 몰입은 시인 내면에 잠재되어 있는, "폭포처럼 투신"할 줄 아는 야생의 정신을 불러일으키는 일이다. 그러한 '독—시'의 생성은, 아래의 시에서 볼 수 있듯이, 대나무의 이파리처럼 칼자루 없는 얇게 갈린 단검이 되는 일이기도 하다.

지나온 시간의 도막들
속이 텅 비어 있다
텅 비어 있는 시간을 불면 피리가 된다
피리 소리는 아늑한 어둠
잊어버렸던 별들 다시 돋아난다

허공이 뼈다
늘씬한 몸통을 지탱하는 척추가 허공이다
허공이 뼈이기에
우주의 살인 허공이 뼈이기에
뼈와 살이 붙어 있듯 우주와 통한다
거대한 허공과의 이야기는
새벽마다 맑고 슬픈 이슬을 낳는다

이파리는 단검
바람이 숫돌이다
종이처럼 얇게 갈았다
깨끗하고 단출한 푸른 단검
칼자루가 없다
칼자루가 없기에 장식이 없다
기어 다니는 용도 날아오르는 봉황도 없다
칼자루를 쥘 시커먼 마음도 없다

—「대나무」 전문

시간은 언제나 강물처럼 앞으로만 흘러가고 있다고 생각
된다. 하지만 시간이 다른 시간에 의해 잘린다면, 시간과 시
간 사이의 틈이 생길 수 있다. 이 "시간의 도막들"이 텅 빈 대

나무 속과 같은 "텅 비어 있는 시간"―사이 시간―을 만들어 낸다(우리는 「서쪽 바다」에서 "진공 같은 마음"이라는 구절에서 바로 "텅 비어 있는 시간"과 만난 바 있다). 그런데 이 "텅 비어 있는 시간"은 음악―위의 시에 따르면 대나무가 연주할 ―의 바탕이 된다. 음악은 시간의 진행을 멈추고 우리를 다른 시간대로 이끄는 예술이다. 그것은 "아늑한 어둠"의 시간으로 우리를 인도하는 것이다. 그 어둠은 지금 눈에 보이는 어둠이 아니라 우리 마음속에 가려져 있었던, 그래서 어둠 속에 있었던 세계의 발현이다. 하여 "잊어버렸던 별들 다시 돋아난다"고 시인은 쓰고 있는 것이다. 그렇게 '텅 빈 속'은 음악을 이루어내는 대나무의 존재성을 뒷받침하는 역설적인 뼈대다. 그래서 시인은 2연에서 "허공이 뼈다"라고 절묘하고 역설적으로 말한다.

대나무의 텅 빈 속은 허공이 대나무 속의 결을 따라 그 속을 채운 것, 그래서 대나무의 "늘씬한 몸통을 지탱하는 척추가 허공"이다. 그런데 허공은 '우주의 살'이어서, 대나무의 '척추–텅 빈 속'은 "뼈와 살이 붙어 있듯 우주와 통"하게 된다. 이 '텅 빈 속–허공–척추', 그 "텅 비어 있는 시간"이 음악의 바탕을 마련한다고 할 때, 저 척추가 우주와 통할 수 있게 되는 것은 바로 음악을 통해서라고 말할 수 있으리라. 그 음악이 "거대한 허공과의 이야기"를 낳을 것이며, 그 이야기는 "새벽마다 맑고 슬픈 이슬"이라는 형식을 띨 것이다.

나아가 그 이슬이 맺히는 대나무의 이파리는 "깨끗하고 단출한 푸른 단검"이 된다. 시인에 따르면, 바람에 의해 갈린 그 단검은 칼자루가 없다. 즉, 이파리라는 단검은 "칼자루가 없기에 장식이 없"으며 "칼자루를 쥘 시커먼 마음도 없다"는 것이다. 이에 그것은 칼자루가 없기에 누구를 찌르지도 못하는 단검이라고 덧붙일 수 있을 것이다. 그렇다면 저 "종이처럼 얇게 갈"린 단검은 무엇을 위한 것일까? 그것은 어떤 목적을 위해 갈린 것이 아니다. 그것은 저 대나무의 정신을 드러내는 상징이다. 즉 단검의 날처럼 갈린 이파리는 눈이 시릴 정도로 깨끗하고 섬세하고 날카롭게 단련된 대나무의 정신을 드러낸다. 이 대나무의 정신이야말로 시인에게 사표가 되는 시의 정신일 터, 지금 이 시각에도 이중도 시인은 그 정신을 체득하면서 그의 마음속에 있는 야생과 고독의 섬을 드러내고 현재화하는(actual) '음악-시'를 연주하리라 다짐하고 있으리라. 이 연주가 시원의 시간을 이 황폐한 세계에 되살려낼 수 있기를 기원하면서.